KB233154

엄마,
국회의원
왜 해?

엄마, 국회의원 왜 해?

존경하는 은사이신 이효재 선생님은 내가 아이를 임신하자 "남들 다 하는 행복을 좇으면서 어떻게 좋은 세상을 만들겠다고 할 수 있겠니?" 하시면서 안타까워하셨다. 그때 나는 "아이도 잘 키우고, 여성운동도 잘 할 자신이 있다"고 말씀드렸다. 아람과 나래. 두 딸은 엄마를 따라 집회에 나가고, 할머니가 챙겨 주시는 도시락 들고 학교를 다니더니 벌써 어엿한 사회인이 되었다.

지난 30년, 쉼 없이 뛰어왔다. 돌아보니 내가 아이들을 키운 것이 아니라 시어머니와 남편, 두 딸이 나를 키웠다. 시어머니가 차려준 밥을 먹었고, 남편의 뒷바라지를 받았으며, 두 딸은 스스로 컸다. 한창 엄마 보살핌이 필요했을 사춘기 시절, 두 딸은 나와 눈을 맞추지 않음으로써 무언의 반항을 한 적이 있었다. 나의 무딘 성격 탓에 그게 나에 대한 반항이었는지는 나중에 이야기를 들었지만 말이다.

그런 두 딸이 이제는 내가 소신을 지키지 못할 때 "엄마는 국회의원 왜 해?" 하며 따져 묻는다. 그럴 때마다 "딸들에게 따스한 보살핌을 못 준 대신 최소한 부끄럽지 않은 엄마는 되어야지" 하면서 마음을 다잡곤 한다.

90년대 중반 〈탑 걸스(Top Girls)〉라는 연극을 본 적이 있는데 인상적이었다. 주인공 마들렌은 최고로 성공한 여성이 되었지만 가정적으로는 불행했다. 그 연극에 나오는 여성 교황, 여성 총리 등 많은 탑 걸스도 그랬다. 사회적으로 성공하는 것과 가정적으로 불행한 것의 간극, 어찌 보면 수많은 페미니스트들이 겪어야 할 통과의례처럼 여겨졌다.

그러나 나는 불행한 탑 걸스가 되고 싶지 않았다. 이 땅의 수많은 아람, 나래, 딸들의 작은 소망을 대변하는 그들의 역할모델이 되고 싶었다. 평범한 아줌마이지만 한 걸음 한 걸음 또박또박 걸음으로써 내 딸들이 따라 걸어도 괜찮은 그런 길을 만들고 싶었다. 누군가 말했다.

"눈을 밟으며 들길을 갈 때 모름지기 함부로 걷지 마라. 오늘 내가 남긴 발자국이 다음 사람에게는 이정표가 될 것이니."

그렇다면 과연 내 발자국은 어떠한가? 정신대 할머니 생활지원법, 성폭력방지법, 남녀고용평등법, 인권법, 호주제폐지법……. 시민단체 시절 몇 년을 쫓아다녀도 될까 말까 하던 일들이 국회의원이 되면서 하나 둘씩 해결될 때의 그 희열들이 지나온 발걸음 속에 고스란히 녹아 있는 듯하다.

그런데 시간이 갈수록 내 발자국은 가슴의 따스함이 아닌 머리의 냉정함에 치우친 듯하다. 일벌레처럼 늘 일에 쫓기다 보니 여유가 없었고, 주변의 가족들과 동료들, 동네에서 만난 수많은 주민들에게 따스한 가슴으로 다가가지 못한 것 같다. 도움을 많이 받았는데 제대로 감사 표시도 못한 많은 분들, 아직도 고생을 많이 하고 있는 옛 동지들. 그리고 가장 가까이서 묵묵히 나를 지켜 주었지만 바쁘다는 이유로 늘 뒷전으로 밀려나야 했던 소중한 가족들……. 한 사람 한 사람 얼굴이 떠올랐다.

숙제를 하듯이 이 소중한 분들에게 이제 내가 사랑을 베풀어야겠다는 자각을 주었다. 특별히 지금까지 나를 낳고 길러주신 친정과 시댁의 두 어머니께 깊은 감사의 절을 올리고 싶다. 감사합니다.

2008년 무자년을 맞아

이미경

'인간 이미경'의
아름다운 내면과 만날 수 있는 책

한승헌 _ 변호사·법무법인 광장

이미경 의원의 저서 『엄마, 왜 국회의원 해?』의 출판을 진심으로 축하합니다.

두루 아시는 바와 같이 이 의원은 학창 시절부터 학생운동, 여성운동, 반독재 민주화운동에 앞장서 오셨고, 지금은 3선 의원의 무게를 넘어서는 정치인입니다.

저는 1974년 초, 박정희 유신정권이 소위 대통령 긴급조치 1호를 선포하고 유신헌법 반대자들을 마구 잡아들이던 때, 서울구치소 접견실에서 처음으로 이 의원을 만났습니다. 이 의원은 이화여대 영문과 3학년 재학 시절부터 시작하여 대학 졸업 후에도 줄곧 에큐메니칼 현대선교협의회 간사로 일해 오고 있었습니다. 그때 이해학 목사 등 성직자 6명이 긴급조치 위반으로 구속되자, 이 의원은 그 사실을 전국에 널리 알리는 유인물을 만들어 우송·배포한 죄(?)로 구속되었던 것입니다. 당시의 긴급조치라는 것은 유신헌법을 반대하는 행위를 알리기만 해도 처벌하는, 그런 황당한 조항을 구비하고 있었습니다. 이 의원은 함께 구속된 다른 젊은이들과 더불어 법정 안팎에서 의연한 언동을 보여 주었습니다.

그런데 그 사건의 법정에서 기상천외한 문답이 오갔습니다. 군법회의 심판관 한 사람이 김동완 목사에게 "이미경이가 당신 애인 아니냐"고 묻자, 김 목사가 "아닙니다. 그러나 저로서는 그렇게 되기를 희망합니다"라고 대답한 것입니다. 이런 천하의 명답에 때 아닌 폭소가 터졌습니다.

그 살벌하던 박 정권의 유신독재 아래서도 이 의원은 그야말로 불굴의 의지를 가지고 민주화운동은 물론이고 여성운동, 정신대 대책위, 엔지오운동, 평화운동, 통일운동에 이르기까지 참으로 광범한 활동을 계속하셨습니다.

1996년 국회의원이 되신 뒤에는 환경·노동·문화·교육 분야에서 주목할 만한 의정 활동을 남기셨고, 어느덧 3선의 관록으로 당의 최고위원이 되셨습니다.

이 의원은 시민운동에서 정치권 활동에 이르기까지 재야 정신을 견지해 오셨습니다. 1997년 11월 민주당이 신한국당과 합당되어 앉은 채로 한나라당 소속 의원이 되었지만, 2년 뒤 한국군의 동티모르 파병안의 국회 의결 과정에서 한나라당의 당론을 따르지 않고 외로운 찬성 기립을 한 것은 너무도 유명한 일입니다.

저는 앞서 말한 대로 긴급조치 사건에서 변호인과 피고인의 처지로 이 의원과 초대면을 한 뒤, 재야 민주화운동·시민운동의 마당에서 뜻과 방향을 같이하고, 발걸음을 함께 했습니다. 정치권에 들어가서도 예전 재야 시절과 변함없는 그의 행보가 대견스럽고 고맙습니다.

이번에 출간되는 저서에도 이 의원의 그런 실체가 잘 배어 있습니다. 더러 정치인이 자기를 알리는 책에서는 자기 선전에 기운 나머지 과장이나 조작 등 '자가발전'이 끼어들기 쉬운데, 이 책에서는 전혀 그런 '성형수술'의 흔적이 없습니다. 저는 거기에 적힌 내용과 사연을 상당 부분 알고 있기에 이 책의 정직성을 보증할 수가 있습니다. 자랑거리만 내세우는 정치인의 저서에는 우선 믿음이 가지 않습니다. 그런데 이 책은 다릅니다.

2004년 4월, 국군의 이라크 추가 파병 표결에서 이 의원이 소신과 당론 사이에서 고민하다가 당론에 따라 소신을 접고 찬성표를 던지게 되었는데, 그때의 회한을 고백한 대목도 그의 솔직한 일면을 잘 보여주고 있습니다.

저는 말과 글의 생명은 진실과 감동에 있다고 믿습니다. 삶과 생각이 아울러 진실해야 글도 진실합니다. 감동은 그 진실에서 나오는 자기(磁氣)와도 같은 것입니다. 마음에 와 닿는 전류이기도 합니다.

앞서의 이라크 추가 파병 찬성 이야기에서도 그저 '내 본의가 아니었다'라고 끝났다면, 변명만 있고 감동은 없었을 것입니다. 한 시민단체에서 인턴으로 일하고 있는 딸이 "엄마는 뭐 하러 국회의원 해?" 하고 물어 온 이야기를 놓치지 않고 썼다는 데에 진한 여운이 남습니다. "사랑하는 딸 나래의 그 한 마디가 비수처럼 가슴을 후벼팠다"는 고백에서 감동은 더욱 강렬해집니다.

이 책에서는 자전적(自傳的)인 글이 자칫 미끄러져 들기 쉬운 자랑을 저자의 겸손이 잘 억제하고 또 순화시켜 주고 있습니다. 그래서 '정치인 이미경'의 겉으로 드러난 업적보다도 '인간 이미경'의 아름다운 내면에 더 마음이 끌리는 책입니다.

　지금의 정치 환경은 전례없이 미묘하고도 엄청난 변화의 풍운을 안고 있습니다. 이런 시기일수록 정치인의 실체(본색)에 대한 국민의 올바른 판단(옥석 분별)이 중요하다고 봅니다. 아무쪼록 많은 분들이 이 책을 통하여 정치인 이미경의 드러난 성적뿐 아니라 인간 이미경의 아름다운 내면까지도 가슴을 열고 만날 수 있게 되기를 바라면서 이 글을 맺고자 합니다.

　아무쪼록 이 의원이 앞으로도 계속 정치의 중심에서 이 나라를 바르게 이끌어 나가 주는 지도자가 되기를 빕니다.

| 차 례 |

책을 내면서_ 4
발간을 축하하며 | 한승헌_ 8

나를 행복하게 하는 사람들

꼬마 미경이에 대한 추억_ 19
내가 정말 하고 싶었던 것_ 23
시민운동의 연장에서_ 27
아! 아버지_ 33
두 어머니_ 39
나를 이끈 선생님들_ 44
형부이자 동지였던 조영래 변호사_ 49
이수인의 미소_ 53
나를 행복하게 하는 사람들_ 59
얄밉다 얄미워_ 64

세상을 구하려거든 여성을 구하라

바지 정장을 입고 등원하다_ 71
합당의 그늘에서 강해지다_ 76
동티모르 파병 소신 투표로 쫓겨나다_ 80
IPI의 실체를 밝히다_ 84
살색이 아니라 살구색입니다_ 89
여자가 어딜 감히!_ 94
세상을 구하려거든 여성을 구하라_ 100
유일하게 통과된 개혁법안, 언론개혁법_ 104
엄마는 뭐 하러 국회의원 해?_ 108
의원님들도 손해보실 부동산 대책_ 113

말없이 참아야 할 때도 있다

머리채를 잡히다_ 121
돌담이, 능수버들, 돌베개 사랑합니다!_ 125
말없이 참아야 할 때도 있다_ 129
그새 그렇게 쪘어?_ 132
내겐 너무 무서운 007가방_ 136
아주머니의 정체_ 139
나의 춤바람_ 142
은평구와 악수하다_ 146

걸어 보고 싶은 길

고통을 이기면 두 배의 힘이 된다_ 153
남북 여성 교류의 물꼬를 트다_ 157
기네스북에 오를 수요시위_ 161
박물관의 꿈_ 166
나라를 위한 보육_ 170
현장에서 챙긴 아이들의 건강_ 174
애들아, 도서관 가자!_ 178
영웅 김영옥을 발굴하다_ 183
1.5세대가 걸어온 길_ 188
여성 후배들에게_ 191
철도 실크로드의 꿈_ 196
걸어 보고 싶은 길_ 200

나를 행복하게 하는 사람들

동네를 주름잡던 꼬마 미경이는 어른이 돼 나이 들어
가고 있지만 그때 새싹 같던 마음은 지금도 여전히 자
라고 있다. 그것이 더 자라서 수많은 사람을 넉넉한 그
늘 아래 품을 수 있는 커다란 나무가 됐으면 좋겠다.

꼬마 미경이에 대한 추억

나의 '꼬마 미경이' 시절은 부산에서 시작됐다. 꼬마 미경이는 위로 언니가 하나 있는, 2남3녀 중 둘째였다. 둘째들이 대부분 그렇듯 자신을 드러내 보이려는 성향이 강했고, 독립적이고 자유롭고 도전적이고 경쟁적이었다. 그래서 남자아이들과도 잘 어울렸고, 오히려 남자아이들을 혼내 주기도 하는 당돌한 아이였다. 남자아이들이 고무줄을 끊고 도망가면 끝까지 쫓아가 잡아서는 원래대로 해놓으라며 으름장을 놓았던 기억이 생생하다.

게다가 초등학교 때는 이상하게도 우리 반만 남녀 합반이어서 유난히 남녀 구별도 없고 남자들을 두려워하지도 않았다.

그런 경험들은 나로 하여금 가부장적 사회제도에 끝까지 길들여지지 않고 여성의 입장을 당당히 주장할 수 있게 하는 바탕이 됐던 것 같다.

그 어린 시절을 뒤돌아보면 떠오르는 에피소드가 몇 가지 있다. 우선 우리 딸아이들이 유난히 재미있어하는 얘기다.

나는 어려서부터 한번 마음먹은 것은 끝까지 해내는 성격이었기 때문에 때로는 뻔뻔한 짓(?)도 서슴지 않았는데, 초등학교 2학년 어느 날로 기억한다. 무슨 일인가로 부모님께 혼이 나서 울고는 반항하느라 학교에 가지 않았다. 하지만 생각해 보니 1주일에 한 빈 우윳가루를 배급해 주는 날이었다.

한국전쟁 이후를 겪어 본 분들은 알겠지만 당시 학교에서는 가루로 된 우유를 학생들에게 배급해 주었고, 그것은 상당한 별식이었다. 다른 아이들 같으면 수업도 안 들은 채 우윳가루를 타겠다고 저녁이 다 돼서 학교에 갔겠냐마는, 나는 기어이 그릇을 들고 가 우윳가루를 타왔다. 어머니는 그런 나를 두고 "학교도 안 간 주제에 얼굴도 두껍다"고 놀리셨지만 나는 내 몫의 우윳가루이기 때문에 타오는 게 당연하다고 생각했던 듯하다.

소꿉놀이 장난감을 버린 것 역시 그런 나의 성격을 보여 주는 에피소드다. 그 시절 나는 한동안 소꿉놀이에 빠져 있었는데, 어느 날 문득 생각해 보니 스스로도 심하다 싶었다. 밥보다도 소꿉놀이가 더 좋았으니 할 말이 없었다. 그래서 독하게 마음을 먹고 애지중지하던 소꿉놀이 장난감들을 몽땅 가져다 버렸다. 그러고는 친구들이 찾아와 놀자는 것도 뿌리치고 아예 소꿉놀이를 끊었다. 그때 일은 내가 생각해도 의지가 대단했다 싶다.

또 한 가지 기억나는 에피소드는 연탄에 관한 것이다. 원래 우리 집 식구들은 키가 큰 편이다. 우리 언니도 나보다 커서 내가 형제들 중 가장 작은데, 나는 그 이유가 어린 시절 연탄을 날랐기 때문이라고 생각한다.

그때는 연탄이 주된 난방 수단이어서 겨울이면 창고나 마당 한구석에 연탄을 들여놓는 게 일이었다. 나는 우리 집에 쓸 연탄 두 장을 매일 사오기로 하고, 그 대가를 받기로 어머니와 계약을 맺었다. 그 뒤로 매일같이 학교에서 돌아오는 길에 연탄집에 들러서 빨래판 위에 연탄 두 장을 받아오곤 했다. 문제는 그때가 성장기였다는 것. 한창 자랄 나이에 무거운 것을 들어 키가 작아진 게 아닐까 생각하면 아직도 아쉽다.

사람들은 내 키를 보고, 내 나이에 그 정도면 작은 키는 아니라고 한다. 그런데 나는 이상하게도 여전히 더 크지 못한 것이 아쉽고, 그래서 연탄을 날랐던 기억이 어린 시절의 기억 중 제일 또렷하고 시간이

가도 잊혀지질 않는다.

지금 와서 생각해 보니, 그것은 어쩌면 '성장'에 대한 욕구 같은 게 내 안에 남아 있기 때문은 아닐까 싶다. 이제 몸은 포기했지만 여전히 마음은 '성장'에 목말라 있는 것은 아닐까.

동네를 주름잡던 꼬마 미경이는 어른이 돼 나이 들어 가고 있지만 그때 새싹 같던 마음은 지금도 여전히 자라고 있다. 그것이 더 자라서 수많은 사람을 넉넉한 그늘 아래 품을 수 있는 커다란 나무가 됐으면 좋겠다.

내가 정말 하고 싶었던 것

　　　　　　　··· 어릴 적에 나는 만화가가 되고 싶었다.

김종래 선생의 〈엄마 찾아 삼만리〉, 산호 선생의 〈라이파이〉 같은 것에 열광했다. 순정만화도 좋아했고 학교에서 쉬는 시간에 여주인공들의 얼굴을 그려 친구에게 선물하곤 했다. 그러나 그 꿈은 오래가지 못했다. 삶을 세상과 연결짓지 못하던 너무 어린 시절의 꿈이었기 때문이다.

평온한 중학교 시절과 따뜻한 여고 시절을 보내면서도 나는 특별히 어떤 꿈을 갖지는 못했다. 어머니는 내가 담대하다고 생각해 의사가 되면 좋겠다고 하셨지만, 나는 내 성향이 이공계 쪽은 아니라고 생각했다. 다만 공부하는 게 재미있긴 했다. 공부를 통해 나를 드러내고 인정받는 것이 좋았던 평범한 학생이었다.

내가 비로소 나의 적성을 찾은 것은 대학에 진학한 후였다. 당시에 여학생들이 최고로 선호하는 곳이라 해서 이화여대 영문과에 진학했지만, 나는 그것이 내 길이 아니라는 걸 금방 깨달았다. 내 길은 역사와 사회로 통해 있었다. 그래서 역사와 사회를 고민하고 바꿀 수 있는 서클을 만들고, 그 안에서 정말 열심히 활동하고 또 즐겼다.

다행히 나는 늦지 않게 나의 적성을 발견할 수 있었지만 요즘은 많은 사람들이 자신의 적성, 자신이 정말 하고 싶은 일을 찾지 못해 고민하는 것 같다. 그래서 나는 늘 말하곤 한다. 자기가 하고 싶은 것이 무엇인가를 발견하는 것이 제일 중요하다고.

내가 처음 역사와 사회에 관심을 가진 것은 고등학교 친구를 따라간 연합서클에서였다. 매일 아침 6시부터 8시까지 여러 책에 대해 토론하는 유별난 독서클럽이었는데, 어떻게 세상을 바꾸는가에 대해 주로 얘기하곤 했다. 아마 거기서 처음으로 역사와 사회 의식이 싹튼 것 같다.

하지만 거기서는 오로지 토론만 하는 것이어서, 시간이 지날수록 머리보다는 몸으로 실천해야 하지 않겠느냐는 생각을 많이 했다. 그러다가 1970년 전태일 열사의 분신 사건을 알게 되면서 충격에 휩싸였다. 그 사건을 통해 여성노동자들이 얼마나 장시간 노동과 저임금의 희생양이 되고 있는지, 그 가혹한 현실을 알게 된 것이다.

그즈음 학보사 기자였던 언니 이옥경(현 방송문화진흥회 이사장)과 최영희(현 청소년위원장), 장하진(현 여성부 장관), 신혜수(현 유엔여성차별철폐위원) 등이 자주 어울리곤 했는데, 지식인의 사회적 역할을 함께 모색해 보자고 의기투합해 이화여대 최초의 학생운동 서클 '새얼'을 만들었다.

1971년 당시, 성남으로 강제 이주된 도시빈민의 저항인 '광주대단지 사건'이 있었는데, 우리는 그 사건을 취재해 신문을 만들어 뿌리기도 하고 대선 때에는 부정선거방지운동에도 뛰어들었다. 이런 활동들이 학교 당국에 알려지면서 학생처장에게 불려가 조사를 받은 적이 있었는데, "너희 뒤에 남자 대학생이 있어 사주하는 것 아니냐?"는 소리를 듣고 분개했던 기억이 있다. 당시 여학생들의 학생운동을 바라보는 시선이 어떠했는지를 잘 보여 주는 일화다.

그렇게 편견과 핍박에 시달렸지만 우리는 연애보다 운동이 더 재미있다고 할 만큼 즐거웠다. 역사의 현장에 내가 서 있고, 사회 변화를 위해 일익을 담당할 수 있다는 게 그렇게 뿌듯할 수 없었다. 사실 공무원인 아버지를 생각해서 초기에는 다소 소극적인 태도를 보이기도 했지만, 활발히 활동하는 친구들이 너무 부러워서 나중에는 일부러 아버지 생각은 안 하려고 했다.

'새얼' 활동을 하면서 나는 내 삶의 방향을 확실하게 잡을 수 있었다. 무엇이 나를 행복하게 만드는지 알았고, 앞으로 내가 어떻게 살아가야 할지를 알게 됐다. 내 삶은 그때 비로소 길을 찾은 것이었다. 그때 그 길을 몰랐다면 나는 지금쯤 어디서 무얼 하고 있을까?

아무리 생각해도 답이 나오지 않는다.

시민운동의 연장에서

··· 혹자는 내게 말한다.

부잣집 며느리로 들어가 평생 호의호식할 수 있는 길을 버렸다고.

당시 이화여대 졸업은 명문가의 안주인이 될 수 있는 가장 좋은 '자격 요건'이었다. 그런데 나는 그 길을 선택하지 않았다. 그 대신 소외당하고 핍박받는 사람들과 함께 하는 길을 선택하는 데 조금의 갈등도 없었다. 왜냐면 누구의 부인으로 살기보다 한 사람의 인간으로 살기를 원했기 때문이다. 내가 숨쉬고 있는 이 세상을 내 의지대로 느끼고 변화시키면서 기쁘게 살고 싶었기 때문이다.

똑똑한 여성들이 사회와 역사에 대한 아무런 인식도 없이, 좋은 곳에 시집가기 위한 과정쯤으로 대학을 다니는 것은 개인적으로도 국가적으로도 큰 낭비다. 하지만 불행히도 내가 학교를 다닐 때는 대부분 그랬기 때문에 정말로 안타까웠다. 특히 4·19 혁명 당시 이화여대만 빠졌다는 얘기를 들었을 때는 얼굴이 화끈거릴 만큼 부끄러웠다.

그래서 더욱 '새얼'을 만들고 활동하는 데 열중했다. 처음 '새얼'을 만들 당시 함께 했던 친구들은 우리가 10년을 물 주어야 학교 안에 뿌리를 내리고 진정한 '새로운 얼'이 될 것이라고 생각했다. 그러기 위해서 졸업하고도 계속 관계를 유지하기로 결의했고, 실제로 그렇게 했다. 그 덕분에 '새얼'은 이후 더 많은 활동을 하고 수많은 운동가를 배출했는데, 지금 생각해도 자랑스러운 일이다.

그리고 '새얼'에서 겪은 충격적인 체험 하나가 영원히 내 삶의 목표를 정해 주기도 했다. 당시 문리대 학장이시던 현영학 교수께서 방학 때 공장 체험 활동을 추진할 계획이라고 해 인천의 한 방직공장에서 한 달간 일한 적이 있었다. 그곳의 모든 것은 충격 그 자체였다. 스무 살도 안 된 여성노동자들이 반찬이라고는 단무지 하나밖에 없는 식사를 하며 일하고 있었다. 장시간 노동을 하기 위해 잠 안 오는 약까지 먹고 있었는데, 얼굴은 피곤에 지쳐 누렇게 떠 있었다. 화장실은 눈뜨고 볼 수 없을 만큼 열악했고, 좁은 방에서 새우잠을 자며 모은 돈은 전부 시골집으로 보내고 있었다.

그렇듯 당시는 고통받고 차별받는 여성들의 처지에 대해 어떤 진보적 움직임도 보이지 않는 암흑 같은 상황이었다. 그때 나는 이런 현실을 외면하고 편안하게 생활하는 것은 부끄러운 일이라 여겼다. 졸업 후에도 여성노동자들을 위해 할 수 있는 일을 찾고야 말겠다고 마음먹었다.

그 결심대로 나는 졸업 후 여성계로 몸을 옮겼다. 한국기독교사회문제연구소에서 여성·평화 담당 연구원으로 있다가 친구들과 함께 '여성평우회'를 만들었고, 그 뒤에는 한국여성단체연합을 만들면서 여성운동을 해나갔다. 남녀고용평등법 개정(1988), 가족법 개정(1989), 영유아보육법 제정(1991), 성폭력특별법 제정(1993)등을 이끌어냈으며, 특히 '아시아의 평화와 여성의 역할' 토론회를 남북 양쪽에서 성사시켜 남북 민간교류의 획을 그은 것은 분단시대 여성운동의 발판이 됐다고 자부한다. 침묵하는 가운데 소리 없이 죽어 가는 여성들을 살려야 비로소 세상이 살 것이라 생각하며, 나는 스무 해 남짓 되는 젊은 날을 그 길에 바쳤다.

하지만 그때까지도 나는 내가 국회의원이 될 거라고는 전혀 생각하지 못했다. 당시 민주화운동의 결과로 사회 전반에 작은 변화들이 있었는데, 그 변화의 하나로 1987년부터 재야운동권 출신이 국회에 들어갔다. 우리는 그런 흐름을 별로 바람직하게 보지 않았다. 운동권

경력을 제도권 정치로 진출하는 발판으로 이용한다는 시선에 대해 결벽증을 갖고 있었기 때문이다.

그런데 1988년에 박영숙 여성단체연합 부회장이 국회로 가시면서 얘기가 달라졌다. 그분은 총재대행까지 하면서 활발하게 활동하셨는데, 그분의 활동이 우리에게 큰 신뢰를 주었던 것이다. 당시 우리는 여건상 물러나 있던 호주제 폐지 운동도 다시 이끌어내고 남녀고용평등법 등 여러 법안을 제안하고 있었는데, 어떻게 해야 빨리 통과되는지, 어떤 사람을 만나서 얘기해야 하는지 등 많은 노하우를 알려 주셨다. 그것은 큰 도움이 되어서 밖에서 떠드는 것보다 국회 안에 뜻을 같이하는 사람이 있으면 훨씬 효율적이겠다는 생각을 하게 했다.

1992년과 1995년에 지방자치제를 경험하면서 정치에 익숙해졌던 것도 생각을 변화시킬 수 있는 계기가 되었다. 당시 우리는 풀뿌리 민주제도인 지방자치제를 발전시키기 위해 시민운동가를 많이 당선시키려고 했는데, 1992년에는 경험 부족으로 참패하다시피 했다. 하지만 절치부심의 노력 끝에 1995년에는 많은 시민운동가를 당선시켰고, 그러면서 비로소 정치의 필요성과 방법적 측면 등을 알게 됐던 것이다.

그때는 개인적으로도 변화를 모색하던 시기였다. 시민운동과 여성운동의 연장에서 뭔가 다른 일을 해도 괜찮겠다는 생각이 들기 시작했던 즈음이었다. 또한 당시 맡고 있던 '여성단체연합' 회장 임기도 끝나 가던 참이어서 주변의 모든 여건들이 내 앞에 새로운 길을 열라고 외치는 것 같았다.

때마침 1996년 총선을 앞두고 여러 당에서 나를 영입 인사로 거론했다. 꼬마 민주당에서도 여러 차례 의사를 타진해 왔는데, 당시로서는 가장 개혁적인 당이어서 여러모로 나쁘지 않은 선택일 것 같았다. 그렇게 해서 나는 민주당의 비례대표 2번을 달고 낯설디낯선 국회에 발을 디뎠다.

내가 처음 국회의원이 되겠다고 했을 때 가장 반대하신 분은 친정어머니셨다. '욕만 먹는 정치를 뭐 하러 하냐'는 것이었다. 그러나 이제 친정어머니는 '말과 행동을 조심하라'고만 하실 뿐 더 이상 걱정하지 않으신다. 세 번이나 국회의원을 하면서도 별 탈 없었으니 '이젠 그 길이 네 길이구나' 싶으신가 보다.

국회의원이란 힘든 직업임에 틀림없다. 세간의 평가가 극명한 것만 봐도 그렇다. 어떤 사람은 권력과 명예를 다 가진 좋은 자리라 하고, 또 어떤 사람은 정반대로 욕만 얻어먹는 힘든 자리라고 한다.

그러나 세간의 평가를 뒤로하고 내가 이 일을 하는 이유는 단 한 가지다. 이 자리에서는 좋은 일을 할 수 있다. 그것도 아주 많이 할 수 있

다. 나는 그것에 보람을 느낀다. 내가 열심히 하면 법이 바뀌고, 제도
가 바뀌고, 예산이 바로 쓰여진다. 그리고 그것 때문에 기뻐하고 용기
를 얻는 사람들이 많다. 이 자리가 아니라 어떤 자리에서 그 사람들에
게 용기를 줄 수 있을까 생각하면 이보다 보람 있는 자리는 없다. 나는
그래서 오늘도 이 자리가 시민운동의 자리라고 생각하며 일한다.

아! 아버지

우리 어머니가 처음 하신 말은 이것이었다.

"이것아, 네가 가난이 얼마나 무서운지 철없어서 모른다. 이 세상 살아가는데 가난이 제일 무서운 거다."

나는 우리 집의 가난을 절실하게 느끼며 자라지 않았다. 하지만 어머니는 공무원인 아버지의 적은 봉급으로 우리 5남매와 삼촌, 사촌 오빠까지 열한 명이나 되는 대식구의 살림살이를 책임져야 했으므로 가난으로 인한 고통이 뼛속 깊이까지 맺혀 계셨다.

그러나 자신을 그렇게 고생시킨 남편에 대해서는 불만보다 자부심이 크셨다. 늘 "저 양반은 타고난 공무원이야. 네 아버지 같은 분만 있으면 나라가 잘 될 거야. 그러나 가족은 고생이지"라고 하셨다. 그리고 '절대 빚을 지지 않는다. 수입에 맞추어 산다'는 나름의 경제 철학으로 어려운 시기를 견뎌 내셨다.

초등학교 5학년 때로 기억된다. 어머니 얼굴에 새까맣게 기미가 끼고, 식구들은 거의 한 달을 옥수수죽과 쌀겨죽 같은 것만으로 끼니를 때울 정도로 힘들 때였다. 어머니 말씀이, 어느 날 누군가가 케이크 상자에 돈을 넣어서 보냈다는 것이었다. 아버지는 엄청나게 화를 내면서 그것을 돌려보냈다고 한다. 늘 고생하는 며느리가 안쓰럽던 할아버지는 '소심한 놈'이라며 역정을 내셨다. 그러자 아버지는 "저는 공무원입니다. 돈 앞에서는 소심한 놈이 되겠습니다"라고 하셨다고 한다. 어머니에게 그 말을 들었을 때 어린 마음에도 당당한 아버지가 너무나 인상적이었다.

2006년 6월 국회 재경위원회 위원으로 일하게 되면서 나는 남다른 감회에 젖었다. 아버지가 근무하시던 관세청이 재경위 피감기관이었기 때문이다. 국정감사를 위해 관세청을 방문했을 때 직원들이 아버지를 잘 기억하고 있어서 나를 가족처럼 대해 주었다. 아버지에 대해서는 '꼬장꼬장한 선비'로 기억하고들 있었다.

내가 기억하는 아버지는 무뚝뚝하고 희로애락에 무덤덤한 분이었다. 자식에게도 '공부 잘해라', '성공해라' 따위의 말은 한마디도 하지 않으셨다. 박봉의 공무원 생활이 피곤하셨는지, 집에서는 책을 읽으시거나 아니면 잠만 주무셨다. 그리고 우리 남매들이 떠들면 버럭 소리치시는 것이 전부였다.

흔히 경상도 남자들이 집에서는 "밥 도", "아(아이)는?", "자자" 등 세 마디만 한다고 하는데, 내가 보기에 우리 아버지도 그렇게 전형적인 경상도 남자셨다. 친구 분들은 아버지가 유머도 많았다고 하시는데 우리는 그런 모습을 본 기억이 없다. 우리의 기억에 아버지는 그저 일 욕심 많으시고, 반면 세속적인 성공에는 비교적 무덤덤하신 그런 분이셨다.

아버지는 자식들이 이른바 명문 고등학교 · 대학교에 입학하는 것도 대수롭지 않게 생각하셨다. 상을 타거나, 반장이 되거나, 입시에 합격했다고 아버지의 직접적인 칭찬을 받거나 축하를 받은 기억이 하나도 없다. 언니와 내가 운동권 학생이 돼 둘이 돌아가면서 속을 썩일 때도 아버지는 아무런 질책을 안 하셨다. 언니와 곧 결혼하기로 돼 있었던 사윗감 조영래가 '민청학련사건'의 주동자로 신문에 대서특필됐을 때만 얼굴이 하얗게 변하셨다고 들었다. 내가 긴급조치 위반으로 감옥살이를 하다 집행유예로 석방돼 집에 돌아왔을 때도, 아버지는 아침에 집 나갔다 돌아온 딸을 대하듯 "어, 너 왔나"라고 한마디만 하셨다. 나 때문에 사표를 내고 반려받는 우여곡절이 있었다는 것은 나중에야 알았다.

1996년 5월 내가 국회의원이 됐을 때 아버지는 지병으로 몇 달째 의식불명이셨다. 결국 딸이 국회의원이 된 것을 알지 못하고 돌아가셨지만, 아마 알았더라도 "그래?"라는 말씀 한 마디만 하셨을 것 같다. 참 독특한 개성의 소유자가 아닐 수 없다.

그런데 아버지가 돌아가신 지 10여 년이 채 안 된 지난 2003년 말, 고향에 내려갔다가 아버지에 관한 이상한 소문을 들었다. 동네 어르신 한 분이 "네 아버지가 젊었을 때 일본에서 헌병으로 근무했다"고 지나가는 말씀을 하시는 게 아닌가? 나는 한 번도 들어 본 적이 없는 이야기라 서울로 올라와 곧바로 어머니께 여쭈어 보았다. 어머니는 "결혼 전에 있었던 일이고, 아버지가 한 번도 그런 말씀을 한 적이 없기 때문에 나도 정확히는 모른다"고 하셨다.

그런데 2004년 여름, 국회 문화관광위원장 자격으로 그리스 올림픽 개막식에 참석하고 돌아왔을 때, 인터넷에 이미경의 부친이 일본군 헌병 출신이라는 소문이 돌아다니고 있었다.

그때는 '친일진상규명법'이 국회를 통과해 시행을 눈앞에 두고 있던 상황이라 이미 여러 차례 정치인 부친들의 친일 행위가 사회적 파장을 불러오던 때였다.

어찌 대응해야 할지 곤혹스러웠다. 사실 관계를 정확히 알지 못하기 때문이기도 하지만, 딸로서 돌아가신 아버지의 이름을 세간에 오르내리게 한다는 것이 큰 불효였기 때문이다.

그러나 이미 소문이 꼬리에 꼬리를 물고 퍼지는 상황에서 모른 척하고만 있을 수는 없었다. 나는 다시 친척들과 아버지 친구들을 수소문해서 몇 가지 사실을 더 확인했다.

아버지가 5~6세쯤 됐을 때 생활이 어려워지자 할아버지는 식구들을 데리고 일본으로 가셨다. 아버지는 거기서 초등학교부터 전문대학교까지 다니셨다. 낮에는 부두에서 하역을 하는 중노동을 하고 밤에는 전문대학을 다녔는데, 졸업할 때 헌병으로 차출됐다. 1944년 일본에 징병제가 도입되기 전이었기 때문에 형식적으로는 지원이었지만, 사실상 강제 차출이었다고 한다. 그것이 전부였다.

나는 인터뷰를 통해 그 사실을 밝히고 "필요하다면 '친일진상규명법'에 따라 규명되기를 차분히 기다리겠다"고 말했다. 인터뷰 기사가 나간 후 내 홈페이지에는 많은 비난 글들이 올라왔다. "이미경이 아버지의 친일 경력을 세탁하기 위해 일본군 위안부 할머니들을 이용했다", "이미경 부친이 독립투사를 고문하고 죽였다"는 등 사실과 전혀 다른 비난 글들이었다. 다행히 일본군 성노예 피해자 할머니들은 "이미경 아버지가 누구더라도 우리는 이미경을 믿는다" 며 위로해 주셨다.

그러나 나는 그때 가슴에 멍이 든다는 말이 어떤 것인지 알았다. 밤마다 잠이 안 와 생전의 아버지 모습을 떠올리며 많은 생각을 했다. 기억 속의 아버지는 늘 독서를 하셨고, 특히 역사책을 많이 읽으셨다. 아버지는 왜 역사책을 즐겨 읽으셨을까? 혼돈의 역사를 온몸으로 겪으며 생겨난 마음속 응어리를 푸는 과정은 아니었을까. 언니와 내가 민주화운동을 할 때는 왜 아무 말씀도 안 하셨을까? 딸들이 자신의 신념대로 사는 것을 반대하지 않겠다는 뜻은 아니었을까. 식민지 시대와 군사독재 시대를 각각 살았던 아버지와 딸이 역사 앞에서 어떤 삶을 살 것인가를 각자의 선택에 맡겨 두고자 하신 것 아닐까.

수많은 생각 끝에 나는 내 아버지 역시 힘없는 한 사람의 인간이었다는 사실을 깨달았다. 거부할 수 없는 역사적 현실 앞에서 원하지 않은 삶을 잠시 살 수도 있는 인간 말이다. 거센 바람 앞에서 누구나 똑바로 서 있을 순 없다. 거친 역사 앞에서 누구나 독립투사나 민주투사가 될 수는 없는 것이다.

물론 아버지가 독립투사였다면 훨씬 더 자랑스러웠을 것이다. 그러나 단지 징병된 일본군 병사였다고 해서, 그분이 특별히 악랄한 죄악을 저지르지 않았다면 아버지를 충분히 이해할 수 있다. 그것은 내 아버지여서만이 아니라, 누구의 아버지였다고 해도 마찬가지다.

두 어머니

   ··· 나에게는 어머니가 두 분 계시다.

한 분은 나를 낳아 주고 길러 주신 어머니, 그리고 다른 한 분은 남편을 낳아 주고 국회의원 이미경을 만들어 주신 어머니다. 나는 지금까지도 두 분께 받기만 한다.

나의 친정어머니는 약한 것 같으면서도 사실은 대단히 강인한 분이시다. 울산 대농집 맏딸로 태어나 유복한 처녀 시절을 보내셨지만 몰락한 양반집 아들과 결혼해 한국전쟁을 겪고, 고집 센 남편과 대식구의 며느리 노릇을 하느라 가난이 제일 무섭다는 사실을 몸으로 깨닫고 사셨다. 그래도 일가 어르신의 생일이며 제삿날 등 대소사를 꼬박꼬박 챙기고, 당신보다는 자식들을 먼저 걱정하며 5남매를 남부럽지 않게 길러낸 위대한 어머니이시다.

어머니는 가난에도 불구하고 우리 딸들을 교양 있고 예쁜 여성으로 키우고 싶어하셨다. 그래서 잔소리가 많은 편이셨다. 누구에게 고맙다고 전화해라, 손님 오셨으니 다과를 얌전하게 가져와라, 티셔츠 입지 말고 옷 하나라도 제대로 사라 등등……. 어머니는 당신의 계획에 자식들을 맞추고자 집요하게 노력하셨다.

그러나 다 큰 딸들이 어머니의 말을 고분고분 들었을 리 없거니와 언니와 나는 운동권이 돼 어머니를 너무도 고통스럽게 해드렸다.

어머니의 여고 시절 사진을 보면 건강미가 넘치는 복스러운 미인이시다. 그런 어머니가, 언니와 형부가 7년간 도피 생활을 하는 동안 눈이 나빠져 거의 실명할 뻔하셨다. 다정다감한 성격에 너무 신경을 쓰셨기 때문일 것이다. 또한 나이가 들면서 척추가 무너져 키가 10센티미터나 줄어든 꼬부랑 할머니가 돼버리셨다. 당신은 젊어서 너무 고생한 때문이라 말씀하지만, 언니와 나는 우리가 속상하게 해드린 것이 더 영향을 미친 것 같아 두고두고 죄송하다.

한 가지 더 죄송스러운 일은 어머니가 사주신 피아노를 팔아 버린 것이다. 어머니는 딸들에게 피아노를 가르치지 못한 것을 항상 안타깝게 생각하셨는데, 그것의 대리만족이었는지 세월이 한참 흘러 손녀인 내 딸들에게 피아노를 선물하셨다. 그런데 이 무심한 딸은 이사하면서 집이 좁다고 피아노를 팔아 버렸다. 딸들이 더 이상 피아노를 치지 않기에 무심결에 "팔아라" 했던 것이 지나고 난 뒤 죄송하고 후회스럽다.

아버지가 무뚝뚝하셔서 힘드셨지만 정작 딸들이 아버지만큼 무뚝뚝해서 더 힘드셨을 어머니. 그것을 알면서도 원하시는 만큼 살갑게 해드릴 수 없는 성격이지만, 그래도 때로는 내 안에서 영락없는 어머니를 발견하곤 한다. 남들은 보지 않는 작은 것까지 눈에 보이고, 또 그것을 챙겨야 마음이 놓일 때는 '아, 역시 나는 어머니의 딸이구나' 싶은 것이다. 어머니의 피로 내 반을 채웠으니 더 말해서 무엇하랴.

그리고 또 한 분의 어머니인 시어머님은 나의 사회생활을 적극적으로 지지해 주는 후원자이시다. 작년에 아버님이 돌아가셔서 지금은 어머님만 모시고 있지만, 나는 두 시부모님의 도움 덕분에 이렇게 사회생활을 할 수 있었다. 그러니까 내가 두 분을 모셨다는 표현은 어불성설이고 당신들이 나를 챙겨 주셨던 것이다.

내가 처음 결혼해서 들어와 살림을 할 때 어머니를 위해 한 가지 개혁을 했다. 어머니는 그때 낚싯대 소매상을 하셨지만 어머니 이름으로 된 통장을 가져 본 적이 없으셨다. 나는 어머니 이름으로 통장을 만들어 드리고 다른 형제들에게도 매달 용돈을 보내도록 의견을 모았다. 그러자 어머니 생신 때나 명절이 되면 그 통장에 차곡차곡 돈이 모아졌다. 여성운동을 하면서 주부들에게도 자기 이름으로 된 통장을 가져야 한다고 역설했는데, 우리 어머니도 그 실천의 대상이 되신 것이다. 아무리 가족을 위해 희생할 수밖에 없어도, 필요할 때 자신의 의지대로 쓸 수 있는 돈은 있어야 했다. 그것은 자존심을 높이는 일이었다. 티끌 모아 태산이라고, 어머니의 돈은 점차 모아졌다. 내가 국회의원이 돼 재산 등록을 할 때 어머니 쌈짓돈까지 공개하게 됐는데 수백만 원이 돼 있었다.

여성운동을 하는 며느리가 들어와서 자기 권리만 찾는 것이 아니라 시어머니의 권리도 함께 찾아 드린 셈이다. 그래서인지 어머니는 나의 든든한 후원자이시다. 신문 읽으시다가 내게 도움이 될 만한 기사가 있으면 오려 주시고, "아직 내가 건강하니까 일을 한다. 여자들이 고등교육을 받았으면 밖에서 일해야지"라고 하시면서 가사를 도맡아 주신다.

여성단체에서 일할 때 가두시위를 하다 즉결심판을 받고 마포경찰서에 구금된 적이 있었다. 후배들이 경찰서로 면회를 왔는데, 마침 어머니도 같은 시간에 오셨다. 후배들은 모두 자신들이 죄지은 것처럼 우리 어머니께 죄송하다고 말씀드렸는데, 어머니는 오히려 경찰들을 향해 "우리 며느리가 무얼 잘못해서 감옥에 집어넣었느냐"고 호통을 치셨다. 이후 "이미경 선배는 정말 시어머니 잘 만났다"는 소문이 나기도 했다. 국회의원이 되자 가장 기뻐하신 분도 어머니이시다.

집에서는 냉장고에 있는 물건도 내 마음대로 건드리면 안 될 것 같아 꼭 여쭤 본다. 며칠 전에도 냉장고에 있는 복숭아를 보고 "어머니, 저 이 복숭아 먹어도 되나요?"라고 물었더니 어머니는 "너 먹으라고 넣어 둔 거다. 왜 꼭 물어 보고 먹느냐?"고 하셨다. 그때는 대답을 못 했는데 이제 이런 대답을 드릴 수 있겠다.

"글쎄요, 저는 집에 가면 왠지 뭐든 어머니의 허락을 받아야 할 것 같네요."

이렇게 어머니를 모시고 사니까 50대에 들어서도 여전히 어린 사람으로 살 수 있어서 행복하다.

나를 이끈 선생님들

부모님과 형제, 친구의 도움으로 커간다. 그리고 때로는 그 모두보다 더 많은 비중으로 한 인간을 키울 수 있는 존재가 바로 선생님이다.

나에게도 그런 선생님들이 계신다. 평생을 살아오면서 만났던 좋은 선생님들은 나의 피가 되고 살이 돼주셨다. 그분들이 아니었다면 오늘의 내가 있었을까?

내가 처음 만난 고마운 선생님은 초등학교 때의 홍성윤 선생님이시다. 초등학교 고학년 때의 담임선생님이셨는데, 사실 그전까지 나는 선생님의 주목을 받는다는 게 얼마나 기쁜 일인지 몰랐다. 나는 특별히 주목받는 아이가 아니었기 때문이다. 그러나 홍성윤 선생님께서는 나를 주목해 주시고 나의 미래도 점쳐 주셨다. 내가 잘하는 것을 이끌어내어 더 잘할 수 있게 해주셨고, 내 부모님께나 내 주위 사람들에게 "미경이는 참 괜찮은 아이예요. 커서 잘될 거예요"라고 늘 칭찬해 주셨다. 선생님께 인정받을 때의 그 뿌듯함이란…….

나는 그 선생님을 통해서 비록 어린 나이였지만 나 자신에 대한 자존감을 얻었다. 아마 그때의 자존감을 시작으로 이후 평생 스스로 존중하고 격려할 수 있었는지 모른다. 어느 시절이나 자존감을 얻는다는 것은 중요한 일이지만, 특히 어린 시절의 기억은 평생을 좌우할 만하다.

중학교 시절 영어 선생님이자 담임선생님이시던 서석조 선생님 역시 홍성윤 선생님만큼 나를 주목해 주셨고 그 덕분에 공부를 더 열심히 했다.

그리고 평생의 선생님이자 동지인 이효재 선생님을 만나게 됐다. 아마 이효재 선생님을 자기 인생에서 가장 훌륭한 선생님이라 꼽는 사람이 수를 헤아릴 수 없이 많을 텐데, 나도 그중 한 명이다. 나는 그분을 이화여대 시절 학생서클 '새얼'의 지도교수로 만났다. 선생님은 미국에서 공부하시다 이화여대에 사회학과에 생기자 귀국해서 교수를 맡고 계셨는데, 이화여대의 보수적인 학풍과는 달리 매우 진보적이고 적극적인 분이셨다. 그 무렵 우리는 새로 만든 서클을 학교에 등록해야 했는데 지도교수가 있어야만 했다. 사회학과 출신인 친구 장하진과 최영희가 추천해서 교수님을 찾아갔는데 기꺼이 허락하셨다. 친구 분인 윤정옥 교수님도 함께하면 좋겠다고 하서서 두 분을 지도교수로 모시게 됐다.

두 분은 성격이 판이하게 다른 분이셨다. 이효재 교수님은 선이 굵고 활달하신 반면, 윤정옥 교수님은 조용하고 생각이 깊으셨다. 그런 성격 때문에 이효재 교수님은 우리의 철학뿐 아니라 일상에까지 두루 영향을 미치셨고, 윤정옥 교수님은 조용하지만 끈기 있게 연구하신 일본군 위안부 관련 자료로 훗날 우리를 놀라게 하셨다. 일본군 위안부 문제를 한국 사회에서 운동으로 촉발시키신 분이 바로 그분이시다. 이 두 분의 장점을 모두 배울 수 있었다는 것은 나에게 커다란 행운이었다.

이효재 교수님은 워낙 열정적이고 적극적인 성격이시라 그 일화가 밤을 새워도 될 만큼 많은데, 그 모든 것이 우리의 마음을 울리는 것이었다. 새얼 지도교수 시절, 선생님은 좋은 글이 나오면 늘 복사를 여러 장 해서 받는 사람 이름을 직접 써서 주시곤 했다. 그냥 주시는 것에 그치지 않고 그 내용을 설명하시다가 누가 오면 그 설명을 다시 하고, 또 다시 하길 반복하셨다. 한 번도 지친 기색 없이 어쩌면 그렇게 똑같은 열정으로 말씀하셨는지, 정말 '이런 일이 천직이구나' 싶었다.

선생님은 특히 우리 새얼 제자들을 많이 칭찬하셨다. "사회를 보다 넓게 보고 사회에 대한 건전한 비판 인식을 갖고 있는 사람들, 젊은이답게 창조적으로 사고하는 사람들을 이제 만난 것 같다"고 하시면서 그 칭찬과 기대 때문에 우리가 더 힘을 냈던 것은 두말할 나위가 없다.

선생님은 우리가 결혼하지 말고 독신으로 살며 계속 사회를 위해 일하길 바라셨다. 결혼을 하고 아이를 낳으면 평범한 가정주부가 돼 가족과 자식만 바라보고 살지도 모른다고 생각하셨던 것이다. 그래서 우리가 하나 둘 결혼하겠다고 찾아가면 그다지 반가워하지 않으셨고, 첫째를 낳고 둘째까지 임신해서 가면 야단을 듣곤 했다. 나도 둘째를 낳고 선생님께 그런 꾸중을 들었다. 선생님은 "남들이 하는 일을 다 하면서 무슨 일을 하겠다는 거냐. 남이 누리는 행복 다 누리면서 세상을 어떻게 바꾸겠느냐"고 하셨다. 선생님의 그런 꾸지람 덕분에 우리는 스스로를 더욱 채찍질했다. '결코 가정 안에 만족하는 삶을 살지는 않겠다'고 말이다.

훗날 선생님은 80년대 신군부에 의해 해직자가 되신 뒤 운동가로 변모하셨다. 한국여성단체연합을 만들어 대표로 모시고 함께 활동하면서 제자들과 동지가 되기도 하셨다. 점차 연세가 드시자 "일흔이 되면 고향에 내려가서 작은 마을 단위로 봉사하겠다"는 말씀을 하곤 하셨는데, 우리는 '서울에서 이렇게 할 일이 많은데 설마 귀향하시겠나' 싶었다. 하지만 선생님은 주위의 만류를 완강히 물리치고 진해로 내려가서서 기적의 도서관 운영 등 당신이 할 수 있는 일을 여전히 하고 계신다. 그렇게 한 순간도 헛되이 살지 않으시려는 선생님은 나에게 평생의 등불이시다.

그 밖에 이화여대 시절 공활을 통해 여성 노동자들의 실상을 깨닫게 해주셨던 현영학 선생님과, 여성학을 이화여대에 처음 도입하고 함께 일해 주신 서광선 선생님 등 내가 이 자리에 서기까지 많은 지도와 편달을 해주신 선생님들을 떠올리며, 나는 이제 내가 그 역할을 해야 한다고 생각한다. 좋은 선생님께 배운 만큼 내가 좋은 선생님이 돼 많은 사람들을 길러낼 수 있으면 그보다 더 좋은 일이 있을까.

선생님들께 받은 가르침의 일부라도 환원하기 위해 나는 요즘 여성 정치인들의 멘토 역할을 자처하고 있다. 내가 경험했던 여성과 정치를 조합하니 멘토를 제일 잘할 수 있는 분야가 그것인데, 이러한 나의 노력이 훌륭한 여성 정치인을 배출하는 데 도움이 됐으면 좋겠다. 또한 그들이 좋은 멘토가 돼 세상을 바꾸는 사람들을 만들어낸다면, 나의 선생님들이나 나도 한 세상을 열심히 살아온 보람이 있지 않을까.

형부이자 동지였던 조영래 변호사

　　　　　　　　• • • 시대를 가른 청년 노동자 전태일의 이야기를
수많은 사람들의 가슴에 심은 조영래 변호사. 인권 변호사의 대명사
격으로 알려진 그는 나의 가족, 나의 형부다.

　20대 초반 이화여대 학생서클인 '새얼'을 통해 그와 처음 만났다.
당시 우리는 여러 강사를 초빙해 한국 역사에 대해 공부하고 있었는
데, 사법연수원을 다니던 조영래가 그중 한 명이었다. 언니 이옥경은
학보사 기자로 민주화와 전태일 분신 사건 등에 대해 많은 글을 썼고,
그는 언니의 글을 읽으며 관심과 호의를 가진 모양이다. 선남선녀였
던 두 사람은 그렇게 인연이 맺어졌다.

하지만 두 사람의 앞날은 평탄치 못했다. 결혼을 앞두고 형부가 민청학련 사건으로 수배돼 무려 7년이나 도피 생활을 했기 때문이다. 그는 서울대학교 법대 재학 시절 학생운동을 주도했고, 사법연수원에 있을 때는 서울대생 내란음모사건으로 구속되기도 했는데, 결혼을 앞두고 또다시 수배가 된 것이었다. 양가 부모님의 상견례도 끝나고 결혼식을 올릴 일만 남은 상황이어서 양가의 충격은 이루 말할 수 없었다. 언니는 형부를 따라 함께 도피 생활을 시작했고, 우리 집은 졸지에 기관의 감시를 받게 됐다. 집 앞 구멍가게에 쪼그리고 앉아 우리 집을 노려보던 매서운 눈동자가 아직도 기억난다.

그러나 그 시련의 기간 동안 그는 감옥에 있는 김지하와 함께 「양심선언」이란 글을 써서 김지하 석방에 크게 기여했고, 또한 후대에 길이 남을 『전태일 평전』을 집필했다. 나는 전태일의 어머니인 이소선 여사에게 전태일의 메모며 활동 자료들을 받아 몰래 형부에게 전달했는데, 그 덕분에 활자가 아니라 원고로 된 전태일 평전을 읽을 수 있었다. 사실을 치밀하게 전달하면서도 감성적이고 문학적인 그 글은 참으로 감동적이었다.

사실 그는 변호사로서 말도 잘 했지만 글도 참 잘 썼다. 훗날 한겨레신문 논설위원으로도 일했으며, 『진실을 영원히 감옥에 가두어 둘 수는 없습니다』란 유작도 남길 만큼 문필가였다. 게다가 많은 분량의

책을 순식간에 읽고 일목요연하게 정리하는 천재성을 보여서 사람을 기죽게 만들기도 했다. 또한 인권·민주화·환경 등의 사회 문제에서부터 문화와 국제 문제에 이르기까지 두루 관심을 가졌고, 다양한 사람들과 마음을 열고 교류했다. 보수에서 진보까지, 목사님에서 스님까지 두루 이야기가 통하는 사람은 그가 처음이었다.

뿐만 아니라 로맨틱한 면도 있어 결혼한 뒤에도 첫눈이 오면 늘 언니에게 전화를 걸어 데이트를 신청했다. 언니 대신 아이들을 돌보는 것도 마다하지 않았고, 휴일에 회의를 하게 되면 가족들을 데리고 나가 자신이 회의하는 것을 보여 주기도 했다. 따뜻하고 너그러운 성격이어서 주변 사람들도 많이 챙겼지만, 나는 동지이자 처제인지라 조금 더 각별했던 것 같다. 사람들을 만나면 꼭 소개해 주고 무슨 일을 하는지 알려 주곤 했다.

사실 그는 형부이긴 했지만 동지로서의 비중이 더 크다. 그는 법을 통해서, 우리는 사회운동을 통해서 한 가지 사건을 다각도로 검토하고 추진했기 때문이다. 그가 맡은 대표적 사건 중 하나가 바로 '부천서 성고문 사건'인데, 그때 우리는 성명서를 내고 기독교회관에서 규탄대회를 하고 있었다. 그는 주축이 돼 변호사들을 모아 주고 대표로 일해 주었다. 우리는 대부분 그런 식으로 함께 일한 동지였다.

그 뒤로 이경숙씨의 교통사건으로 촉발된 '여성 25세 조기정년제

사건’ 등 많은 사건들을 함께 했는데, 안타깝게도 그는 지금 곁에 없다. 너무 일찍 우리 곁을 떠나 버렸다. 그는 나이 마흔넷인 1990년 폐암 선고를 받은 지 3개월 만에 세상을 떠났다. 너무나 건강했기에 더욱 믿겨지지 않는 일이었다.

그가 세상을 떠난 뒤 나는 누군가의 부재가 주는 상실감을 처음으로 크게 느꼈다. 그가 없어도 세상은 돌아가겠지만 그가 떠난 자리가 그렇게 허전할 수가 없었다. 그를 알고 있는 다른 사람도 마찬가지였을 것이다. 그러기에 매년 기일인 12월 12일이 되면 모란공원 그의 묘지 잎에 수많은 사람들의 발길이 모이는 것일 게다.

훗날 국회에서 인권법 제정을 위해 일할 때, 그의 얼굴이 얼마나 눈앞에 아른거렸는지 모른다. 할 수만 있다면 다시 그를 만나 인권법 제정에 힘썼노라고 어린아이처럼 자랑하고 싶다. 다정하게 ‘형부’라고 불러 보고 따뜻하게 손이라도 잡아 보고 싶다.

이수인의 미소

　　　　　　　••• 언제나 예측 불가능한 변화가 당리당략
또는 대표들의 결심에 따라 변화무쌍하게 일어나는 곳이 정치권이다.
그래서 순진한 정치 초년생들은 갈팡질팡하다가 진흙탕도 밟고 구정
물도 뒤집어쓰게 되는데 내가 그랬던 시절, 내 곁에는 큰 힘이 돼주신
고마운 선배 의원님이 계셨다.

　　1997년 대선을 앞두고 내가 소속돼 있던 민주당이 신한국당에 흡
수됐다. 비례대표인지라 졸지에 당적이 바뀌어야 했을 때 나는 심각
하게 방황하지 않을 수 없었다. 그때 같은 처지에 있던 이수인 의원님
은 "당리당략보다 국익이 우선"이라며 "개의치 말고 열심히 의정 활

동을 하자"고 내 등을 두드려 주셨다. 그때 의원님의 조언을 듣고 한나라당행을 결정하지 않았다면 어쩌면 지금 나는 이 자리에 없었을지 모른다.

그러나 한나라당에 온 이후부터, 나도 그랬지만 이수인 의원님은 완전한 아웃사이더가 됐다. 의원총회도 참석하지 않고 당리당략과 상관없이 독자적인 행보를 취했기 때문이다. 의원님은 교수 출신이라 교육위원회에서 전문적이고 탁월하게 활동하셨는데, 그곳에서 일방적으로 쫓겨나 환경노동위원회로 보임되기도 하셨다. 국회 좌석도 수시로 이리저리로 이동됐다. 하지만 온갖 수모를 당하면서도 한마디 언급도 하지 않으셨다.

나는 환경·노동 문제에 관심이 많아 처음부터 환경노동위원회에서 일했는데 의원님이 그쪽으로 오시는 바람에 반갑게도 함께 일하는 기회를 얻게 됐다. 당 지도부의 미움을 사서 쫓겨난 것인데, 오히려 나와 마음을 맞춰 '노사정위원회 법안'의 상임위 통과에 앞장서게 된 것은 재미있는 일이다.

하지만 이수인 의원님은 결국 전교조 합법화 찬성으로 중징계를 받고 제명되셨다. 나 역시 후에 노사정위원회 법안 개정에 찬성했다는 이유로 중징계를 받고, 동티모르 파병안에 홀로 찬성표를 던진 후 제명을 당했다. 이를 두고 어떤 의원은 '환상의 복식조'라고 놀리기도 했다.

　당론과 상관없이 소신 투표를 하고 제명을 당하는 과정에서 이수인 의원님은 언제나 꿋꿋하셨으며, 나에 대한 배려도 아끼지 않으셨다. 한번은 이런 일도 있었다. 내가 동티모르 파병안에 단독 찬성할 때 이 의원님도 나와 같은 소신을 갖고 계셨는데, 이상하게 본회의에는 참석하지 않으셨다. 그래서 "왜 투표하러 안 오셨어요?"라고 물었더니 "응, 일부러 그랬어요. 이미경 의원이 혼자 준비한 것이고, 그런 일은 혼자 해야 더 돋보이는 법이에요"라고 말씀하시는 것이 아닌가.

　그분이 내게 얼마나 자상하고 깊은 배려를 해주셨는지는 1997년 2월에 있었던 국회 대정부 질의를 보면 알 수 있다. 그때 그분은 이런 말씀을 하셨다.

　"모나리자가 입고 있는 것은 상복과 같은 검은 옷입니다. 그 검은색은 봉건권력의 압제가 기승을 부리던 그 시대의 사회정치적 현실을 상징하는 것입니다. 그런데 그런 시대의 모나리자는 고통스러운 표정을 지어야 마땅함에도 불구하고 웃을 듯 말 듯 신비스러운 미소를 짓고 있습니다. 그 가냘픈 여성의 미소야말로 인류 사회의 대전환을 알린 위대한 르네상스의 시대정신을 폭발적으로 반영하는 위대한 미소라고 확신합니다. 그런데 그런 모나리자의 미소에 필적할 만큼 위력적인 것은 이미경의 미소입니다. 까닭은 간단한데, 이미경의 미소에는 언제나 뺄 듯 말 듯한 두 개의 보조개가 있기 때문입니다. 한쪽의 보조개에는 분단 문화와 독재 문화의 역사적 퇴적물을 함몰시키고, 다른 하나에는 지역분열 문화와 부정부패 문화의 역사적 노폐물을 매몰시킬 때 이미경의 미소는 가장 위대한 민족의 미소가 될 것이며 역사적 희망의 물결을 출렁거리게 할 것입니다.”

내가 좌석에 앉아 듣고 있었음에도 불구하고, 모른 척 딴전을 피우시면서 나의 미소를 모나리자의 미소에 필적할 만한 미소라 극찬하신 것이다. 나는 얼굴이 홍당무처럼 빨개졌지만, 그 순간 뿌듯하게 웃고 계신 이수인의 미소야말로 내가 봤던 가장 훌륭한 미소라 아니할 수 없다.

이수인 의원님은 나라의 100년 앞을 내다보는 이야기를 많이 하셨다. 특히 교육이나 지역 대결을 종식시키는 문제에 대해서는 밤잠을 설치며 고민했고, 전국을 돌아다니면서 수많은 사람들을 만나셨다. 의원이 바쁘면 더 바쁜 게 수행비서인데, 이 의원님의 수행을 맡은 한 비서관은 새벽에 출근해 아이가 잠든 밤늦은 시간에 집에 들어가기를 반복했더니, 어느 날 아이가 전화해서 “아빠, 우리 집에 언제 놀러 와”라고 할 정도였다고 한다.

그렇게 바쁘게 살면서 당신의 건강을 챙기지 않으신 의원님은 안타깝게도 너무 빨리 세상을 버리셨다. 이수인 의원님을 마지막 만난 것은 돌아가시기 6일 전인 2000년 6월 4일이었다. 갑자기 큰 수술을 받고 입원해 있던 남편의 병실에 오셔서 걱정을 한참 해주고 가셨다. 병실에서 날마다 환자 얼굴만 보고 있어서 그랬는지 내가 "의원님, 얼굴이 좋아 보입니다. 건강해지신 것 같아요"라고 말씀드리자, 의원님은 "그래요? 다른 사람들은 그렇게 보지 않아요"라고 대답하셨다. 나중에 사모님께 들으니 그즈음 배가 자주 아프다고 하셔서 진찰을 권유하던 중이라고 했다. 그것도 모르고 나는 그날도 피곤한 선생님께 자잘한 상의를 드렸던 것으로 기억된다. 얼마나 송구스러운 일인지. 건강이 안 좋으신 것도 모르고 마지막까지 내 욕심만 차린 것 같아 더욱 한스럽다.

생각해 보면 나는 정말 크고 작은 일들을 이수인 의원님에게 상의하고 조언을 구했다. 바쁜 분의 시간을 시시한 일로 뺏는 것 같아 "이런 일까지 의논해서 죄송하다"고 말하면, "다른 사람의 의견을 널리 들어서 판단하는 것처럼 중요한 일이 없다. 그리고 나를 믿고 의논해 주는 사람이 있는 것처럼 기쁜 일은 없으니까 걱정하지 말라" 면서 나를 편하게 해주셨다.

이수인 의원님은 선배 의원이라기보다는 자상한 선생님 같은 느낌이었다. 정말 끊임없이 가르치고 싶어하셨고, 사람들의 장점을 잘 포착해서 칭찬을 아끼지 않으셨다. 게다가 다행히도 내가 제법 쓸 만하다고 생각하셨는지 작은 나무가 큰 나무가 될 수 있도록 선생님이 가진 풍부한 지식과 시간과 사랑을 아낌없이 주셨다. 이수인 선생님과 함께했던 4년. 길지는 않지만 그 깊은 만남을 통해 나는 후배를 키우는 마음가짐과 태도를 배울 수 있었다.

그러나 내가 그 본을 얼마나 실천할 수 있을지는 자신이 없다. 의원님의 그 특별한 헌신과 열정을 닮아 갈 수만 있다면 얼마나 좋을까. 그럴 수는 없을지 몰라도 적어도 한 가지만은 다짐한다. 의원님이 바랐던 국민통합과 민주개혁, 인권의 가치들을 발전시키는 정치를 위해 헌신하는 것이 그분의 사랑에 보답하는 길이라 믿고 노력할 것을….

나를 행복하게 하는 사람들

… **결혼 첫해 맞이한 생일,**

남편이 퇴근하면서 선물을 사왔다. 하얀 스웨터 하나와 노점에서 산 듯한 노래 테이프 하나였다. 테이프에 들은 것은 임종수 씨가 작곡한 〈아내에게 바치는 노래〉였다. 그런데 '젖은 손이 애처로워 살며시 잡아본 순간'으로 시작하는 노래 가사가 떠오르자, '이 사람이 바라는 것은 설거지하고 빨래하는 순종적 아내구나' 하는 생각이 들었다. 나는 나도 모르게 선물을 밀쳐 버리고 분위기를 썰렁하게 만들었다.

생각할수록 미안한 일이었다. 그 노래는 당시 유행하던 노래였고, 남편은 내용과 관계없이 그저 제목만으로 나에 대한 마음을 표현하고

자 그것을 샀는데, 내가 너무 깊이 생각하는 바람에 그런 일이 벌어진 것이다.

남편은 내게 한 번도 가정주부로서의 역할을 기대하지 않았다. 다른 남편들이 누렸을 가정 안에서의 호사를 한 번도 누린 적이 없다. 그렇기에 그 일에 대한 미안함은 두고두고 마음의 빚으로 남아 있다.

남편과 처음 만난 것은 사회에 처음 나와 기독교 단체에서 간사로 일할 때였다. 박형규 목사가 계시던 제일교회에 갔다가 처음 만났다. 그때 그는 번듯한 직장을 그만두고 노동운동을 하려고 공장을 알아보고 있었는데 첫인상이 독특했다. 얼굴은 예쁘장한데 말투나 행동은 직선적이었던 것이다. 그는 논리가 정연하고 매사가 분명했다. 이후 남편과 나는 산업선교·빈민선교 활동을 함께하면서 동지로 가까워졌다가 부부의 연을 맺었다.

남편은 YMCA 재건운동을 전국적으로 펼쳐 온 사람으로 누구보다 열성적으로 사회운동을 해왔다. 또한 앞으로 시민운동의 시대가 올 것이라고 역설한 사람이다. 나보다 한 발 먼저 정치에 발을 들여놓을 뻔했고, 그 일이 잘됐더라면 지금 내가 아니라 그가 정치를 하고 있을 수도 있다. 그러나 어찌어찌 내가 국회의원이 되는 바람에 남편은 '아내를 외조하는' 사람이 돼버린 것이다.

은연중에 그런 이야기를 들으면 나는 좀 미안한데 정작 본인은 아무렇지도 않아 한다. 왜냐하면 그는 국회의원을 권력이나 명예로 생각하지 않고 하나의 직분으로 생각하기 때문이다. 자신이 가장 잘할 수 있는 일을 찾아 최선을 다하면 되는 거지 직업에는 귀천이 없다는 것이다.

그래서 혹시라도 내가 마음에 안 들면 특유의 직설 화법으로 나를 긴장케 한다. "국회의원이 그렇게 좋아? 맛 들었네" 하는 식이다. 언제나 가장 원칙적인 입장을 견지하도록 끊임없이 촉구하고, 절대 국회의원직에 연연하지 않도록 일침을 가한다. 그리고 국회의원이 끝나면 자연스럽게 버스 타고 전철 타는 소시민으로 안착할 수 있도록, 함께 외출할 때는 철저하게 대중교통 이용을 고집한다. 내가 국회의원이 되고, 험한 정치판에서 비교적 초심을 유지할 수 있도록 하는 데 남편이 가장 큰 역할을 하고 있는 것이다.

현재 국립중앙청소년수련원 원장으로 있는 남편은 몇 년 전 정부 산하 단체장으로서 국정감사를 받았다. 그때 야당 모 의원이 이미경 남편인 줄 알면서 "국회의원 도움을 받아서 낙하산 인사로 앉은 자리 아니냐"는 다소 모욕적인 질문을 했다고 한다. 남편은 "아내가 국회의원이어서 개인적인 피해를 본 적은 많지만, 공적으로 이익을 본 적은 없다"고 대답했단다. 남편다운 답변이었다.

사실 나에게 여성운동을 권유한 사람도 남편이었다. 기독교 단체에서 나와 노동운동을 해야 하지 않을까 생각하며 진로를 고민하던 내게 남편은 "노동운동 못지않게 여성운동이 중요하다. 인구의 절반을 차지하는 여성들이 인간답게 살게 만드는 일이다. 여성이 인간답게 살아야 세상이 좋아진다"며 어깨를 두드려 주었다.

그렇게 비슷한 시선으로 세상을 보기 때문에 우리는 마음이 잘 맞는다. 내가 무슨 일을 하든 남편이 뭐라는 법 없고, 남편이 무슨 일을 하든 내가 뭐라는 법이 없다. 남편이 짐 싸들고 지방으로 YMCA를 세우러 돌아다녔을 때도, 내가 일 때문에 가정에 소홀할 때도 우리는 서로 불만이 없었다. 각자의 일을 존중하는 게 서로에 대한 가장 기본적인 배려이기 때문이다. 그렇지 않고 우리가 평범하게 가정을 챙기는 아내와 남편으로 만났다면 얼마나 힘들었을까? 서로 좀 더 가정적이길 원했다면 우리는 결코 행복하지 못했을 것이다.

그런 우리가 만나 두 딸을 낳으며 이룬 가정도 내게는 최고의 보금자리다. 누가 "가정생활이 어떠냐"고 물으면 나는 바로 "행복하다"고 대답한다. 아니, 그 정도가 아니라 "대한민국에서 상위 10퍼센트 안에 꼽힐 만큼 모범적인 가정이라 생각한다"고 말한다.

혹자는 자신감이 지나치다며 비웃을지 모른다. 하지만 가족 구성원이 서로 사랑하며, 인격을 존중하고, 자기 자리에서 최선을 다할 수 있도록 노력하는 가정이라면 그 정도의 자신감은 가져도 되지 않을까. 더군다나 나와 남편만이 아니라 아이들도 동의하기 때문에 우리가 매우 행복하다고 굳게 믿는다.

요즘 남편은 가끔 인터넷 바둑을 둔다. 우리 부부는 늘 대화가 많았는데, 내가 지역구 국회의원이 돼 바빠지자 자연히 남편에게 시간이 많아진 것이다. 그 역시 나만큼 삶에 열성적이라 끊임없이 뭘 하는 성격이긴 하지만 그래도 마누라가 없으니 심심한 시간도 있는 모양이다. 가끔 전화를 하면 '똑똑' 바둑 두는 소리가 들린다. 내가 "지금 또 '똑똑이' 하고 있지. 애인이야 뭐야?" 하고 물으면 그는 웃는다.

나에게는 평생 동지인 남편, 그리고 사랑하는 아이들에게 오늘도 가슴 가득 감사한 마음이다.

얄밉다, 얄미워

"너 왔나?" 하실 정도로 희로애락에 무덤덤하셨던 아버지. 나는 그런 아버지의 성격을 많이 닮았다. 대학 졸업 때 남들은 학사모 쓰고 부모·친척 다 모셔다 사진 찍고 했지만, 나는 부모님도 오시지 말라 하고, 사진도 안 찍고, 평일처럼 집으로 돌아와 점심으로 라면을 먹었다. 대학 졸업을 특권처럼 생각하지 않겠다는 것이 그 이유였는데, 지나고 보니 그것보다는 아버지를 닮은 성격 탓이기도 했다. '4년 다녔으니까 졸업하는 거지, 졸업식이 뭐 별 거냐' 싶었던 것이다.

그뿐 아니라 나는 어린 시절의 가난도 그다지 힘들게 추억하지 않고, 여성운동과 사회운동을 하며 겪어야 했던 어려움들도 '그럴 수 있는 것'이라고 생각한다. 그래서 예술가가 되기에는 부적당한 성격이지만, 공직자가 되기에는 괜찮은 성격이라는 생각도 한다.

그런데 나의 이런 성격을 두고 사람들은 가끔 '희한하다'는 반응을 보인다. 언젠가는 후배 하나가 내 얼굴을 빤히 들여다보면서 "어쩜 그렇게 어렵다는 내색을 한 번도 안 해요?"라고 물었다. 경제적으로 어려운 집에 시집가서 오랫동안 고생했으면서도 한 번도 힘들다는 내색을 하지 않았다는 것이다.

내가 결혼했을 때 시댁은 무척이나 어려워 상계동 수락산 기슭에서 5남매를 데리고 셋방살이를 하고 있었다. 아버님은 퇴직을 하고 낚싯대를 만드는 가내수공업을 하고 계셨다. 어머님이 가게마다 물건을 팔러 다니며 생활을 했으니 생활고가 이루 말할 수 없었다. 게다가 남편은 좋은 대학을 나와서도 취직해 돈벌 생각은 안 하고 노동운동에 뛰어드는 바람에 도무지 집안 살림은 나아질 기미가 없었다. 그런 집안에 들어가서 비록 쥐꼬리만큼이지만 저축을 일상화하고 어머님과 함께 알뜰살뜰 살림을 꾸렸다. 그러면서도 친척들 일이라면 나 몰라라 하지 않고 맏며느리 역할을 다하기 위해 애썼다. 그런 이야기를 풀어놓으면 너무 구구절절해서 가까운 사람들은 열이면 열 내 얼굴을 빤히 들여다보며 "그런데 어쩜 한마디도 안 했어"라고 한다.

일부러 말을 안 하려고 했던 게 아니라 "그냥 열심히 살면 되지. 툴툴거리며 불평하면 뭐 하나" 싶었던 것인데 남들 눈에는 희한하게 보이기도 하는 모양이다.

하긴 나는 한마디 하지 않은 게 아니라 한술 더 뜨기도 했다. 시아버님은 서울대 교직원 시절에 아들이 서울대 상대에 입학해 동료들의 부러움을 샀지만, 아들이 데모와 휴학으로 속을 썩이다가 졸업 후에는 아예 공장 노동자로 취직하는 통에 크게 낙심하고 계셨다.

그래서 결혼한 지 일 년쯤 됐을 때 아버님과 산책을 하는데 매우 조심스럽게 부탁을 하셨다. 이제 결혼도 하고 아이도 낳을 테니까 잘 설득해서 돈을 많이 벌 수 있는 직장을 가지도록 하라는 것이었다. 그 말을 듣고 나는 딱 잘라서 말씀드렸다.

"우리는 서로 같은 생각을 가지고 있어서 좋아하게 됐는데 그럴 수는 없습니다."

아버님은 나중에 친정어머니께 이 말씀을 하시면서 "며늘아기가 더 지독해서 우리는 이제 잘살겠다는 희망을 버렸다"고 하셨단다.

그러나 가난했어도 그 안에 파묻히지 않고 열심히 살아온 결과, 나는 지금 웃으며 이렇게 뒤돌아볼 수 있다.

대학교 3학년 여름. 뒤돌아보면 힘들었을 수도 있는 그때의 일도 나의 무덤덤한 성격 덕분에 그다지 우울하지 않은 기억으로 자리잡고 있다.

그즈음에 산업선교를 하고 있는 목사님을 만났다. 당시는 종교단체들에 대한 정부의 감시가 덜했기 때문에 종교단체로 들어가는 운동권들이 많았던 시절이다. 나도 민주화운동의 온상지였던 종로5가 기독교회관에 있던 에큐메니칼(종교통합운동) 사회행동협의체 간사로 있었는데, 그때 나와 같이 활동하던 목사님들이 기독교회관 주변을 돌면서 유신헌법 반대 시위를 하다가 잡혀가셨다.

그 사건을 직접 목격한 나는 많은 사람들에게 그 사실을 알려야겠다 싶어 사람들을 끌어모아 유인물을 만들었다. 지금이야 복사기가 있지만, 그때는 한 장 한 장 잉크로 찍어내야 했다. 후배 차옥숭의 자취방을 빌려 밤샘 작업을 했고, 그것을 여러 대학에 뿌렸다. 결국 그게 발각되면서 나도 구속됐다.

나는 그전부터 감옥 생활에 대해 두려움을 크게 갖지 않았다. 주변에 학생운동을 하다가 투옥된 사람들이 워낙 많아서 그냥 자연스럽게 받아들였던 것이다.

그런데 그때 내가 자연스럽다 못해 얼마나 무덤덤했던지 나중에 어머니는 내가 얄밉기까지 했노라고 말씀하셨다. 어머니로서는 딸이 감옥에 가 있으니 얼마나 사색이 돼서 그곳을 찾아오셨겠는가. 그런데 이 딸은 어디 기숙사라도 찾아온 양 어머니를 대했으니 얼마나 어이가 없으셨을까. "정말 걱정을 하며 찾아갔는데 어쩜 그렇게 태연하니? 얄밉다, 얄미워"라고 말씀하셨던 것을 생각하면 죄송하기도 하고, 내 성격이 어지간히 무심한가 보다 싶어 웃음도 나고 그렇다.

딸이 구속됐다 풀려났는데도 "너, 왔나?" 하신 아버지나 감옥을 기숙사쯤으로 여긴 딸이나, 생각해 보면 참 막상막하다.

세상을 구하려거든 여성을 구하라

여성학에 눈을 뜬 이래 나는 끊임없이 이 말들을 되새겼다. 그리고 그 아래 여러 일들을 하면서 한 가지 현명한 명제를 몸으로 체험했다. 바로 '하늘은 스스로 돕는 자를 돕는다'는 것이다. 스스로 노력하지 않는 사람에게 하늘은 아무것도 주지 않는다.

바지 정장을 입고 등원하다

••• 이리저리 바쁜 스케줄을 소화하면서도 가끔 창밖을 바라볼 때가 있다. 어떤 때는 자동차 창밖으로 거리의 사람들을 제법 가까이서 보기도 하는데 그럴 때마다 남성들의 옷차림은 참 재미가 없다. 대부분이 검정이나 회색, 또는 짙은 남색 계통의 정장이기 때문이다. 여러 가지 소품으로 멋을 낸 대학생이나 파격적인 복장의 남성들이 간혹 눈에 띄지만, 직장을 갖고 일하는 남성들의 옷차림은 대개 거기서 거기다.

그에 비해 여성들의 옷차림은 스타일이나 색상 모두 훨씬 다양하고 자유롭다. 화사한 봄날 피어나는 꽃들처럼, 밋밋한 도시에 색을 불어넣는 가을날의 단풍처럼 아름답다. 그래서 나는 현대 남성들에게 있어 가장 자유롭지 못한 점은 복장이 아닐까 생각하기도 한다.

국회의원들의 복장도 크게 다르지 않다. 대부분 점잖은 짙은 색 정장을 선호한다. 그러나 여성 의원들은 다르다. 상대적으로 체구가 작은 여성들은 남성 의원들과 비슷한 색깔의 옷을 입으면 존재감이 떨어지게 마련이다. 그래서 주위에서 좀 색감 있는 옷을 입으라고 권했는데, 그게 자리잡아서 요즘은 눈이 조금 즐겁다. 그러다 보니 기자들의 눈도 즐거워지는지 여성 국회의원들의 화사한 옷차림이 신문이나 인터넷을 장식할 때도 있다.

한번은 여성 의원들이 각각 빨주노초파남보 무지개색 옷을 입고 등원한 적이 있었다. 그것을 눈여겨본 기자가 사진을 찍어서 국회에 무지개가 떴다고 했는데, 그때 나는 붉은색 재킷을 입고 있었다.

1996년 6월, 제15대 국회 첫 등원을 앞두고 있을 때다. 지금은 고인이 되신 선배 의원인 이우정 선생님이 초보인 내게 몇 가지 조언을 해주셨는데, 그중 하나가 바로 옷차림에 대한 것이었다. 국회에서는 반드시 정장차림으로 본회의장에 들어가야 하는데, 여성 의원들은 스커트 투피스를 정장으로 입어야 하며, 바지나 짧은 소매 상의는 안 된다는 것이었다.

감사한 조언이었지만 솔직히 어이가 없었다. 일을 하기 위해 국회에 왔고 일하기에는 스커트보다 바지가 편할 때가 많은데, 여성이라는 이유로 그럴 수 없다는 것은 납득이 가지 않았다. 나는 이것을 깨뜨려야겠다고 생각했다.

그래서 여성운동을 같이 해온 신낙균 의원에게 등원 첫날 바지 정장을 입자고 제안했다. 신 의원은 흔쾌히 동의했다. 그래서 나는 바지 정장을 입고 첫 등원을 했다. 그날 주위로부터 엄청나게 따가운 시선을 받긴 했지만 공식적인 제지는 없었고, 그렇게 해서 여성 의원들의 바지 정장이 국회에 통용되기 시작했다.

그러나 우리가 복장의 자유를 누리는 동안 남성 의원들은 바지 입은 여성 의원들이 상당히 낯설었던 듯하다. 직접 말은 못 하고 에둘러 불편함을 표현하는 분들이 있었다. 1년쯤 지난 어느 날, 본회의장 뒷좌석에 앉아 있던 어느 선배 의원은 "어이, 이 의원 하나만 물어 봅시다. 왜 여성 의원이 바지를 입고 다니나요? 이전에는 바지를 입지 않았어요" 하고 질문을 던졌다.

나는 해외토픽에서 본 기사에 조금 말을 보태어 대답했다.

"국제 패션계에서는 이미 5년 전부터 바지도 여성 정장이 됐습니다. 이제는 바지 입고도 격식을 갖춘 파티에 갈 수 있습니다. 힐러리도 바지 입은 것 못 보셨습니까?"

그 의원은 매우 새로운 것을 배웠다는 듯이 고개를 크게 끄덕였고, 나는 내심 참 멋있게 답변했다고 회심의 미소를 흘렸다.

기본적으로 우리에겐 복장의 자유가 있으나 때와 장소에 따라서 많은 제약이 있는 것도 사실이다. 20여 년 전 독일에서도 비슷한 일이 있었다. 녹색당이 첫 의석을 얻어 등원할 때, 운동화에 청바지 차림으로 등원해서 문제가 됐던 것이다. 논란을 통해 결국 독일 국회도 복장의 자유를 얻었고, 우리 국회에도 가끔 생활한복이나 가벼운 복장이 등장하는 것으로 보아 일정 부분 자유를 얻은 셈이긴 하나, 국회에서 의원들의 복장 때문에 문제가 생길 때마다 내가 바지를 입고 처음 등원한 그날이 생각난다.

우리가 당시 '남성 중심적이고 권위적인 국회의 정치 문화에 도전하기 위해 바지를 입었다'고 선언했더라면, 우리의 바지 입기는 불필요한 눈총을 받으면서 힘들게 정착됐을 것이다. 하지만 우리가 진정 원했던 것은 편안한 바지 입기였기 때문에 도전장부터 던지기보다는 일상에서 실천해 보고, 그것이 부당하게 제어당한다면 그때 결연히 싸우자고 생각했던 것이 맞았다.

많은 사람들이 내가 일하는 과정이나 결과물만 보고는 내가 매우 카리스마 넘치고 도전적인 성격일 것이라고 생각하곤 한다. 그러나 나는 의외로 조용한 타입이다. 가장 합리적인 방법을 조용히 찾는 것이 나의 방식이다. 다만 내가 옳다고 생각하는 것이 저지당할 때는 누가 뭐라 해도 절대 굽히지 않는다. 내가 원하는 것이 이뤄질 때까지 나는 조용하게, 하지만 끊임없이 도전한다.

바지 정장을 입고 등원한 것은 내가 했던 일들에 비하면 극히 사소한 도전이었다. 하지만 그렇게 사소한 것에서부터 커다란 일까지 나만의 방식을 고집한다는 것에서 상징적인 의미가 있다고 할 것이다. 등원 첫날, 국회가 나의 그런 방식을 받아 주었기에 나는 지금까지도 조용히 나만의 방식을 고집할 수 있다.

합당의 그늘에서 강해지다

· · · 1997년 11월, 대선을 한 달 앞둔 시점.

저녁 늦게까지 국회에 참가하고 있는데 전화벨이 울렸다. 내가 소속
돼 있던 민주당이 신한국당과 합당해서 한나라당으로 명칭을 변경한
다는 소식이었다. 조순 총재의 결정이라고 했다. 당시 민주당은 힘있
는 대통령 후보를 내지 못해 여러모로 고민스러웠는데, 그 결과 합당
이 결정된 것이었다.

합당을 한다는 것도 당황스러운 일이었지만 비례대표 의원이었던
나는 더욱 황망한 지경에 이르렀다. 비례대표 의원들은 총재가 결정
하는 쪽으로 따라가야만 의원직을 유지할 수 있었기 때문이다. 나를

비롯해 이수인 의원과 김홍신 의원 등 비례대표 의원들은 따라가지 않으면 의원직을 잃게 되고, 따라가면 양심이 용납하지 않는 상황에 놓이고 말았다.

몇 날 며칠을 돌덩이가 짓누르듯 가슴이 답답했다. 지금 그런 상황이라면 다 그만두고 새롭게 시작하면 된다고 배짱을 부리겠지만, 그때는 정치 초년생이라 두려움도 있고 조심스럽기도 했다.

주위에서는 말들이 많았다. 이수인 의원 같은 분들은 어디에서든 자기 소신대로 일하면 그만이라고, 비례대표이긴 하지만 민주당을 뽑아 준 국민들의 정성을 쉽게 버려선 안 될 일이라고 말씀하셨다. 내가 오랫동안 몸담았던 여성계에서는 정확하게 반반으로 의견이 갈렸다. 어느 한쪽이라도 조금 기울었더라면 나는 그 길을 따랐을지 모른다. 그러나 정말 두 입장이 팽팽하게 맞섰다.

그런 가운데 나는 드디어 결정을 내렸다. "당과는 상관없이 그냥 국회의원으로 열심히 일하자. 민주당을 뽑은 유권자의 뜻을 따라 일하자. 내 뜻과 다르게 결정된 정계개편 안에서 흔들리지 말고 그냥 한 사람의 헌법기관으로 살자"고 결심한 것이다.

그러나 현실의 벽은 생각보다 높았다. 나는 합당 이후 당의 공식 행사를 모두 모른 척했다. 대통령선거 유세 운동에도 동참하지 않고 의원총회에도 참석하지 않았다. 거기까지는 그런대로 인정을 받는 분위기였다. 자신의 의지와 상관없이 합당된 것에 대한 반감이 있다고 보아주는 분위기였다.

하지만 문제는 그 다음부터였다. 당시 국회에는 국가보안법·노동법 개정 문제 등 개혁적인 법이 줄줄이 걸려 있었는데 대부분 내가 속한 환경노동위원회와 관련된 것이었다. 그러니 사사건건 당의 입장과 반대되는 의견을 펼칠 수밖에 없었다.

나는 한나라당의 골칫거리가 됐다. 당론과 계속 부딪치면서 점점 소외돼 이른바 '왕따'가 된 것이다. "당신은 우리 당 의원이 아니지 않습니까?"라고 노골적으로 말하는 의원조차 있었다. 발언권도 언제나 맨 끝 순서를 주어서 언론의 카메라가 다 돌아가고 난 뒤 몇 명 남지 않은 의원들 앞에서 발언해야 하는 경우가 흔했다. 게다가 평소의 소신이었던 노사정위원회 법안 제정에 앞장서는 바람에 '당원권 정지'라는 중징계까지 받았다. 징계를 받은 날 나는 의외로 담담했지만, 모 선배 의원은 "화장실 같은 데서 두들겨맞을지도 모르니 조심하라"고 했다. 그 말을 들었을 땐 솔직히 걱정스럽기도 했다.

그러나 나는 그 덕분에 강해질 수 있었다. 어떤 상황에서도 '아니오'를 말할 수 있는 내적 힘이 그 시절 길러졌던 것이다.

누구나 마찬가지다. 어려운 상황에 처음 부딪쳤을 때는 헤쳐 나가기가 매우 힘들고 고민스럽다. 그러나 그런 상황이 반복되면 내성이 생겨서 어지간한 경우에는 눈 하나 깜짝하지 않을 수 있게 된다. 나 역시 처음에는 힘들었다. 의원들의 동일한 발언이 이어진 뒤 맨 뒤에 혼자 반대 발언을 하는 게 쉽지만은 않았다. 가슴이 떨리는 날도 많았다. 당의 입장도 생각해 달라며 인간적으로 다가오는 선배 의원들을 볼 때면 '내가 너무 심하게 고집을 피우는 건가' 싶은 생각도 들었다.

그러나 나는 그래도 내 원칙과 소신을 지켜야 한다고 생각했다. 원칙과 소신 없이는 갈대처럼 흔들릴 수밖에 없는 곳이 이곳이었다. 내가 무엇 때문에 이 자리에 있는 건지 늘 되새김질했다. 그러면 거짓말같이 힘이 생겼다.

합당의 그늘은 어두웠다. 하지만 그래서 나는 더 강해질 수 있었다. 겪지 않아도 될 숱한 일들을 겪었지만 그 시절을 고맙게 생각한다.

동티모르 파병 소신 투표로 쫓겨나다

　　　　　　　　　　　••• 소중한 우리 국군을 외국으로 보내는
문제에 대한 선택은 참으로 어렵고 고통스럽다. 명분도 실익도 중요
하지만 무엇보다 자칫하면 우리의 아들들이, 우리의 딸들이 머나먼
이국 땅에서 피를 흘릴지 모르기 때문이다. 동티모르에 대한 국군 파
병 문제 역시 마찬가지였다.

　당시 나는 원래 민주당 국회의원이었으나 합당으로 한나라당 당적
을 갖게 됐다. 내 뜻과 상관없이 된 일이었으므로 소신대로 일하자 싶
었는데, 사사건건 당론과 반대되는 입장을 표명하게 되자 점점 '한나
라당의 미운털'이 돼갔다. 이른바 '동티모르 파병 동의안 사건'이 그

때 터졌다. 1999년 9월 28일 화요일, 아직도 그날의 기억이 생생하다.

"다음은 이미경 의원 나오셔서 의사진행 발언을 해주시기 바랍니다."

장내에 국회의장의 목소리가 울리자, 가슴에서 나도 모르게 '쿵' 소리가 들렸다.

이날의 의안은 동티모르에 우리 국군을 유엔 평화유지군의 일원으로 파병하느냐 마느냐를 결정하는 것이었다. 한나라당은 이 파병안이 김대중 대통령의 노벨평화상 수상을 의식한 것이라는 이유로 반대 당론을 분명히 했다.

그러나 1990년대 초부터 동티모르 문제에 관심을 가져온 나로서는 도저히 납득할 수 없었다. 동티모르는 인구 75만 명밖에 안 되는 아주 작은 나라였다. 1975년 포르투갈령으로부터 해방되자 인도네시아에 의해 강점됐는데, 이후 줄기차게 독립투쟁을 전개하다가 무려 20만 명이 집단학살·테러·고문 등으로 숨졌다. 2차 세계대전 이후 가장 참혹한 학살 가운데 하나였다. 늦기는 했지만 유엔이 평화유지군을 파병해 민간인 살상을 막고 민주적인 선거를 치르도록 돕겠다는데, 정치적 이유로 반대한다는 것은 도저히 받아들일 수 없었다.

나는 미리 국회의장에게 발언권을 신청했다. 하지만 여야 간의 신경전이 치열해 당과 다른 목소리를 내는 기회가 내게는 오지 않을 것이라고 생각했다. 발언을 포기한 채 미리 작성한 유인물을 기자들에게 나눠 주고 들어오던 길이었는데, 의외로 박준규 의장이 기회를 준 것이다. 단상으로 올라가려는데 이부영 원내총무가 나를 말렸다.

"당론과 반대되는 이야기를 하시면 곤란합니다. 자중해 주십시오."

하지만 나는 말했다.

"이 의원님도 원내총무가 아니라면 저처럼 찬성하셨을 것입니다."

단상에 올라서 나는 말했다.

"저는 동티모르인들이 당한 고난의 세월이 마치 우리 민족이 당한 고난을 그대로 보여주고 있다고 생각합니다. 강대국의 패권정치에 휘말려 노예 상황으로 전락하고, 부패한 군사정권의 인권유린에 저항하는 끈질긴 투쟁이 낯설지 않습니다. 외신기자들이 찍은 비디오테이프로 학살의 만행이 국제사회에 알려진 것도 우리의 1980년 광주와 너무 흡사합니다. 다행히 우리는 고난을 이겨내고 어느 정도의 경제발전과 민주화를 이루어냈습니다. 이제 우리도 인권과 민주주의의 가치를 위해 국제사회에서 우리의 역량에 걸맞게 기여할 때가 됐다고 생각합니다."

연설을 하면서 나도 모르게 눈시울이 뜨거워졌다. 고통당하고 있을 동티모르 사람들이 생생하게 떠올랐고, 그 위에 우리 민족의 서러운 역사까지 겹쳐졌다.

내가 연설을 마친 뒤 바로 표결에 들어갔는데 한나라당 의원들은 이미 모두 퇴장해 있었다. 황량하기 이를 데 없는 분위기에서 나 혼자 찬성을 표하며 일어섰다.

투표가 끝난 뒤 많은 의원들의 격려를 받았고, 고맙게도 지금까지 그날의 연설을 감동적인 것으로 기억하는 분들이 많다. 언론에서는 "스타 국회의원이 탄생했다"고도 했고, 그래서인지 '이미경' 하면 동티모르 사건을 떠올리는 사람들이 많다. 당론과 소신 사이에서 소신을 택했던 이 일로 인해 나는 한나라당에서 쫓겨나 졸지에 무소속 의원이 됐다. 그러나 내 뜻대로 결국 파병은 이뤄졌다.

그로부터 8년의 세월이 흘렀다. 당시 처음 맺은 인연은 지금도 민간교류 차원에서 이어지고 있다. 사단법인 '한국·동티모르 문화교류협회'를 만들어 동티모르 유소년 축구단을 돕고 있는 것이다. 현지에서 유소년 축구단을 이끄는 김신한 감독과의 인연으로 여러 차례 아이들을 초청해 국회 운동장에서 같이 축구도 했는데, 얼마나 씩씩하고 건강한 아이들인지 지금도 얼굴이 생생하다. 그 아이들의 소원은 월드컵에 나가는 것인데, 언젠가 그들의 꿈이 꼭 이뤄졌으면 좋겠다. 다른 누구도 아닌 아이들의 꿈이 이뤄지는 세상, 문득 그것이야말로 가장 좋은 세상이 아닐까 하는 생각이 든다.

IPI의 실체를 밝히다

     ··· 동티모르 파병 찬성으로 한나라당에서 쫓겨나자
오히려 마음이 편했다. 사사건건 부딪치느니 차라리 무소속으로 활동
하는 것이 낫겠다고 생각했기 때문이다. 그렇게 활동하다 새천년민주
당의 제의를 받았다. 원래는 내가 살던 부천 오정구에서 지역구에 도
전하려 했으나 실패하고, 다시 비례대표가 돼 16대 국회에 발을 들여
놓았다.

그러나 16대에 들어와서도 나의 의정 활동은 당에 대한 충성이 아
니라, 인권·문화·환경 등 정책적 관심에 집중됐다. 특히 문화관광위
원회 상임위 활동 과정에서 정부가 잘못했다 싶은 부분은 야당보다

더 강하게 질책하고 개선을 촉구했다. 그래서 어떤 선배 의원은 나보고 "도대체 여당이오, 야당이오?"라고 은근히 꼬집기도 했다.

그러던 중 2001년 '언론사 세무조사' 파동이 정국을 강타했다. 정부의 언론사 세무조사에 대해서 정부 여당은 정치적 의도가 없는 정기 조사라 하고, 언론들은 언론탄압이라고 연일 대서특필했다.

나는 권력 핵심부와는 상관없는 평의원이라 세무조사에 특별한 정치적 의도가 있는지 없는지 확인할 방도는 없었다. 다만 사회적 공기(公器)라 할 수 있는 언론이 투명한 경영을 통해 세금을 내면 되지, 왜 탈세를 하는지 이해할 수가 없었다. 자신들은 탈세를 저지르면서 다른 기업들의 탈세 사건을 규탄하는 사설을 내보낸다는 것도 이해하기 어려웠다.

그런데 IPI(국제언론인협회)라는 국제적인 단체가 「언론탄압을 중단하라」는 서한을 연이어 발송하더니 9월에는 특별조사단이라는 것을 파견한 지 하루 만에 한국을 '감시대상국'으로 지정하는 사태가 발생했다. 당시 우리나라와 함께 감시대상국에 오른 나라는 러시아·짐바브웨·베네수엘라였는데, 이 나라들은 기자가 테러를 당해 죽거나 정부가 마음에 들지 않는 방송국을 접수해 버리는 후진국이었다. 결국 평화적 정권교체와 민주화를 이룩한 대한민국이 졸지에 기자에게 테러나 가하는 언론탄압 국가로 낙인찍히는 순간이었다.

나는 국가의 명예를 위해서라도 IPI의 잘못을 바로잡아야 한다고 생각했다. IPI 사무총장이 한국을 방문한 자리에서 따져 물었다.

"IPI가 언론단체라면 공정한 취재가 기본 아닙니까? 한국에 온 지 하루 만에 아무런 취재도 없이 특정 언론의 주장만 듣고 한국의 명예를 실추시킬 수 있습니까?"

그는 내 질문에 답은 하지 않고 "언론사 세무조사가 언론 자유를 위축시킨다"는 보수 언론의 주장만 되풀이했다.

그대로 있을 순 없었다. 사무실에 돌아와 보좌관들을 긴급 소집하고 자료를 찾으라고 지시했다. 그랬더니 한 보좌관이 걱정스럽게 말문을 열었다. 이미 일부 자료를 입수해 분석한 결과 IPI 뒤에는 한국 언론이 자리하고 있다는 것이었다.

국회의원으로서 언론과의 맞대결은 가능하면 피해 가고 싶은 일 중 하나다. 하지만 나는 언론과 싸우는 일이 아니라 우리나라의 명예를 지키는 일이라고 생각했다. 우리의 명예는 우리 손으로 지켜내야지 누구의 손을 빌린단 말인가. 나는 내가 할 수 있는 일이라면 해야 한다고 생각했다. 보좌관들이 발빠르게 움직여서 IPI 리포트 20년치 분량을 비롯한 각종 자료들을 입수·분석하면서 실로 놀라운 사실들을 발견할 수 있었다.

IPI 결의문 작성위원회 상임위원이 바로 우리나라 기자이며, IPI가

유신독재 시절 한국의 언론 자유 수준을 미국·스위스와 같은 수준으로 평가했고, 80년 신군부에 의한 언론통폐합 규탄 결의문이 한국 언론의 로비로 인해 수정됐고, IPI 사무총장이 전두환 대통령을 만나서 한국 언론의 자유가 신장되고 있다고 격려한 사실 등 실로 충격적인 IPI의 과거가 밝혀진 것이다.

나와 보좌관들은 혹여 작은 실수라도 있어서는 안 된다는 생각에 며칠 밤을 꼬박 새우면서 자료를 검토했다. 그리고 마침내 60쪽에 달하는 「IPI와 한국 언론 그 숨은 진실을 밝힌다」는 제목의 자료집을 완성했다.

드디어 자료집을 들고 당사 기자실로 갔는데, 하필 그날이 개각 발표가 있는 날이었다. 정신없이 일하느라 날짜 가는 줄 몰랐던 것이다. 기자들은 거기에만 촉각을 곤두세우고 있어서 우리 자료집은 묻힐 위기에 놓였다. 정말 열심히 조사하고 또 IPI의 실체를 알릴 수 있는 중요한 자료인데 이렇게 묻히나 싶어 허탈했다.

그러나 며칠 뒤부터 여기저기에서 취재 요청이 들어오고 자료를 연재하겠다는 곳도 있었다. 청와대와 국정홍보처에서도 그 자료를 번역해서 외신에 보내겠다고 했다. 홈페이지 게시판을 열어 보니 격려의 메시지가 수백 통 와 있었다. 그동안의 노력이 헛되지 않았다는 것이 기뻤다. 역시 노력하면 그만큼 결과가 있구나 싶었다.

당 일에 소홀하다며 나를 못마땅해하던 선배 의원들에게 격려를 받기도 했다. 무엇보다 국제사회에서 명예를 실추당할 위기에 처했던 대한민국을 바로 인식시킬 수 있어 기뻤다. 힘들다고 포기했다면 아마 우리나라는 전 세계로부터 언론 자유를 억압하는 나라로 취급받았을 것이다.

그렇게 때로는 아무리 힘들어도 꼭 해야 할 일이 있다. 특히 나라를 위해서 그것을 해야 하는 사람이 바로 국회의원이라는 사실을 그때 새삼 깨달았다.

살색이 아니라 살구색입니다

　　　　　　　　　　　··· 어린 시절, 미술 시간에 알록달록
여러 크레파스를 가지고 그림을 그리던 생각이 난다. 그중 사람의 몸을 칠할 때 쓰던 '살색 크레파스'라는 것이 있었다. 그런데 그것을 지금은 '살구색 크레파스'라 부른다.

　살색이 살구색으로 바뀐 사연은 이렇다. 2001년 외국인 노동자의 대부격인 김해성 목사가 '살색'은 인종차별적 단어라며 국가인권위원회에 진정을 냈고, 인권위는 '인정된다'고 판정해 이후 '연주황'으로 바뀐다. 그로부터 몇 년 후 김 목사의 중학생 딸이 친구 몇 명과 다시 진정을 냈다. '연주황'은 너무 어렵다며 '살구색'으로 바꿔 달라고 한 것이다.

이렇게 조막만한 아이들이 국가를 상대로 진정을 내도 이유가 타당하면 받아들여지는 세상이 됐다. 이처럼 작지만 소중한 변화를 일굴 수 있게 된 것은 국민의 정부 시절 만든 '인권법' 때문이라고 생각한다. 모든 사람을 평등하게 존중하는 이 인권법 제정에 앞장선 것을 나는 내 의정 활동 10년 동안 가장 보람 있는 일 중 하나로 생각한다.

인권법은 2년 동안이나 표류를 거듭했다. 국가인권위원회를 법무부 산하에 둘 것인가 아니면 독립적인 기구로 둘 것인가를 놓고 엄청난 시각차가 있었기 때문이다. 나는 국가인권위원회를 법무부 산하에 두자는 것에 찬성할 수 없었다. 법무부는 검찰을 관할하는 최고의 권력기관인데, 권력기관의 인권침해 행위를 공정하게 조사하고 감독하기 위해서는 독립적인 기구에서 맡아야 한다고 생각했다. 그런데 당 지도부는 여당이니까 법무부의 입장을 감안해야 한다며 법무부의 손을 들어주고 있었다.

인권단체들은 16대 국회가 구성되자마자 찾아와서 "이 법을 맡아 줄 사람은 이미경 의원밖에 없다"며 법안 대표 발의를 맡아 달라고 했다. 나는 잠시 주저했다. 그러자 인권단체 대표는 "법무부와 싸우는 게 부담이 되십니까?"라고 정곡을 찔렀다. 오랫동안 서로 눈만 봐도 아는 사이인지라 속마음을 들킨 것이다.

솔직히 그런 면도 있었다. 검찰을 앞세운 법무부의 위세란 대단한 것이기 때문이다. 그러나 그때 걱정했던 이유는 따로 있었다. 또다시 당론과 맞서야 한다는 것이었다. 당론과 맞서는 일이 전공처럼 돼버려 내심 걱정스럽던 때라 신경이 쓰였다.

그러나 어쩌랴. 걱정은 걱정이고 일은 일이므로 나는 부딪치기로 했다. 그때부터 인권단체와 손을 잡고 의원회관 225호 내 사무실을 아지트 삼아 법무부의 위세와 여당의 당론을 뛰어넘기 위한 또 하나의 '작전'에 돌입했다.

나는 당과의 정면충돌을 피해 많은 의원들의 서명을 받기로 했다. 원만한 당·정 관계를 위해 법무부 입장을 두둔하지만 속마음까지 그렇지는 않은 의원들이 민주당 내에 많았고, 그들에 더해 한나라당 의원들의 서명도 최대한 많이 받기로 했다. 의원 한 사람 한 사람을 만나길 거듭한 끝에 95명 의원들이 함께하는 의원 발의안을 제출할 수 있었다. 당정협의 과정에서는 우리 안이 무시되고 법부무 안과 민주당 안만이 올라왔으나 "왜 95명이나 서명한 의원 발의안을 무시하냐"고 주장해 기어이 세 가지 안을 모두 검토하게 됐다.

그렇게 우여곡절 끝에 당정협의에까지 올린 뒤, 이제는 법무부 검사들과 법조문 하나하나를 놓고 치열한 논쟁을 벌여야 하는 상황에 이르렀다. 나는 법률 전공이 아니라서 어떻게 해야 할지 몹시 걱정스러웠다. 다행히 조용환 변호사와 정강자·최영애 씨 등 인권운동가들이 도와주었다. 의원회관 225호에 베이스캠프를 차리고 찐 고구마를 먹어 가며 예행연습을 하느라 밤을 새웠다.

그렇게 연습을 하고 준비를 했는데도 검사들이 어찌나 토시 하나까지 신경을 쓰는지 무지하게 진땀을 흘렸다. 3인회의, 5인회의, 7인회의 등 수많은 회의들을 어떻게 다 해냈는지도 모르겠고, 또한 위원 수와 임명 절차, 임기, 조사 범위, 조사 대상 사건의 기한 제한, 종결 사건의 재수사 등 끝도 없이 쏟아지는 쟁점들을 어떻게 감당해 냈는지 지금 생각해도 아찔하다.

지난한 싸움 끝에 당정은 국가인권위원회를 독립 기구로 하는 단일안을 만들어 국회에 제출했고 2001년 4월 30일, 137대133이라는 아슬아슬한 표차로 인권법을 통과시켰다. 이 인권법의 제정으로 장애인·여성·청소년 등 사회적 약자에 대한 인권침해·모독·차별 등을 금지할 수 있게 됐으며, 권력기관의 인권탄압에 대한 시민의 제소와 고발이 가능하게 됐다. 모든 사람의 존엄과 가치가 똑같이 존중되고, 그 어느 것에도 우선해 보장되는 길이 열린 것이다.

그 뒤 국가인권위원회는 많은 일을 했다. 삼청교육대 피해자들에게 배상과 명예회복 등을 포함하는 특별법을 제정하도록 국회와 정부에 권고했다. 또한 국가의 필요에 따라 비공식적으로 채용돼 혹독하게 훈련받으며 여러 피해를 입었던 북파공작원에 대해서도 보상과 명예회복을 요구했다. 한국전쟁 전후 민간인 학살사건에 대해서도 진상규명이 이뤄지도록 길을 열었고, 국내에 거주하는 외국인 노동자의 인권 향상을 위해서도 애썼다. 한동안 문제가 됐던 개인정보 보호 등 사생활 보호 법안들도 요구했다.

다른 법도 그렇지만, 사생활까지 보호해 준다는 측면에서 볼 때 이 인권법이야말로 알게 모르게 우리를 보호해 주는 법이다. 우리가 사람답게 살기 위해 의식주 다음으로 중요한 그 인권을, 법이라는 테두리로 지켜낼 수 있게 된 것이 얼마나 다행인지 모르겠다.

여자가 어딜 감히!

••• 고등학교 시절부터 결혼 전까지 11년, 그리고 결혼해서 11년, 모두 22년을 은평구에서 살았다. 두 딸이 모두 은평구에서 중·고등학교를 졸업했으니 제2의 고향이나 마찬가지다. 그곳에서 나는 새로운 꿈을 꾸었다. 2002년 1월 은평갑 지역에 조직책 신청을 낸 것이다. 2004년 총선에서 지역구에 도전하기 위한 준비였다. 비례대표 국회의원에서 한 단계 진출해 자력으로 서고 싶은 욕심도 있었고, 당시만 해도 열세인 여성 국회의원들이 지역구에서 당선되는 길을 넓히고 싶은 생각도 있었다.

하지만 당에 조직책 신청을 냈더니 다들 고개를 저었다. 너무 강한 경쟁자가 있다는 것이다. 동교동계 핵심 중의 한 분이 이미 지역에 터를 잡고 있기 때문에 가능성이 없다는 이야기만 들렸다. 그런데도 이상하리만큼 예감이 나쁘지 않았다. 왠지 은평구는 나를 따뜻하게 맞아 줄 것 같았다.

그리고 내 예감이 맞았다. 9명의 심사위원이 투표를 했는데 결선까지 가는 접전 끝에 5대4로 이긴 것이다. 다들 의외의 결과라며 반가워했다. 당시 나는 부천에서 살았는데, 저녁때 집에 들어가 남편에게 은평구에 새집 구할 일이며, 이사할 일이며, 여러 계획을 늘어놓았다. 남편은 지역구에 도전하는 것에 대해 조금 회의적이긴 했지만 잘할 수 있을 것이라고 격려해 주었다.

그러나 나는 한국 정치에서 여성이 지역구에 도전하는 것이 왜 그토록 어려운지 바로 실감했다. 다음날 아침부터 지역 당원 100여 명이 중앙당사를 점거하고 조직책 심사가 잘못됐다며 거세게 항의했던 것이다. 특히 "왜 하필 여자냐?", "여자가 어딜 감히!" 따위의 소리가 여기저기서 들려왔다. 그 모습은 TV 뉴스에까지 보도됐다.

걱정이 되기 시작했다. 그날 저녁 새집을 알아보려고 계획하고 있었는데 그 계획을 취소하고 생각에 잠겼다.

'내가 정말 할 수 있을까?'

되풀이해 스스로에게 질문했다.

그렇게 하루 이틀 시간만 축내고 있는데 사무실에 은평구 당원이라는 분들이 전화를 걸어 오기 시작했다. 어떤 사람은 "여기는 험한 곳이니 오지 마시오" 하면서 딱 끊기도 했지만, 대부분은 잘된 일이라며 격려해 주었다. 그분들 말씀에 자신감이 조금씩 생겨났다.

그러자 '흔들리면 안 되겠다'는 생각이 들었다. 마음을 다잡고 우선 집부터 구해야겠다 싶어 불광천변에 위치한 아파트를 덜컥 계약했다. 부천 집이 팔리지도 않은 상태였지만 배수진을 친다는 의미에서 일을 저지른 것이다. 그러고 나니 '후퇴는 없다. 무조건 간다'라고 나 자신에게 최면을 걸 수 있었다.

우선 '이미경 반대' 시위를 한 분들을 직접 만나 봐야겠다고 결심했다. 이럴 때는 여러 명을 한꺼번에 만나는 것보다는 한 명씩 개별적으로 만나는 것이 효과적이라는 판단이 들었다.

그런데 절대 안 된다며 반대했던 분들을 한 분 한 분 만나 보니 반응이 예상과 딴판이었다. 데모를 한 것은 의리나 체면치레 때문이지 아주 결사반대하는 것은 아니고, "여자가 감히?" 운운한 것도 탈락한 측이 선동한 것이지 자신들은 동의하지 않는다고 했다.

참으로 다행이었다. 나는 그분들에게 약속했다. 첫째, 원로 당원들을 존중하겠다. 둘째, 다른 경쟁자 편에 섰던 분들도 다 포용하겠다. 셋째, 깨끗하고 공정하게 지구당을 운영하겠다. 나의 이러한 제안에 대해 그분들도 '다행'이라며 안도감을 나타냈다. 아마 반대편도 포용하겠다는 대목이 그분들의 마음에 들었던 것 같다.

이후 일사천리로 지구당 개편대회를 치렀다. 그렇게 해서 첫 관문을 무사히 통과했으나 그 당시의 6개월은 꼭 2년처럼 길게 느껴졌다. 오랜만에 만난 지인들은 "지역구가 힘들긴 힘들구나. 얼굴이 반쪽이 됐네"라고 말할 정도였다.

그러나 본격적인 어려움은 그 다음부터였다. 가장 큰 어려움은 지역민들이 나를 잘 모른다는 것이다. 인지도 조사를 했더니 3명 중 1명만 나를 알고 있었다. 새롭게 등장한 얼굴치고는 인지도가 높은 편이었지만 그래도 부족했다. 또 정치인으로 정확히 알고 있는 사람은 많지 않고, 시민운동가·국제변호사·공무원 등 전문직에 있는 사람으로 알고 있는 경우가 많았다. 주로 정책 중심의 의정 활동을 했기 때문에 그렇게 알려진 것이다.

또 특이한 점은 나를 독신녀로 알고 있는 사람이 의외로 많다는 것이었다. 당원들조차 그렇게 알고 있었다고 한다. 두 딸이 은평구에서 고등학교를 나왔다고 하니까 "엉? 결혼을 했단 말이여?"라며 놀라는 분들이 꽤 많았다. 여성운동을 하는 사람은 독신녀일 것이라는 고정관념이 있었던 것이다.

실제의 나와 너무 다른 이미지를 바로잡을 필요가 있었다. 일단 가족을 노출시키기로 했다. 그 덕에 바쁘다는 핑계로 거의 하지 못했던 일상적인 일들이 회복됐다. 저녁을 먹은 뒤 남편·아이들과 함께 산책을 하며 못다한 이야기를 나눴고, 시어머니와 나란히 시장을 보러 갔다. 선거운동이기는 했으나 가정까지 챙길 수 있는 일거양득의 효과를 누렸던 것이다.

사실 처음에는 주민들에게 인사하는 것도 얼마나 서툴렀는지 모른다. 나도 모르게 망설이게 되고, 혹여 나를 무시하거나 욕을 하면 어쩌나 걱정도 많았다.

그러나 그 모든 걱정이 기우었다. 다들 반갑게 대해 줬고, 자주 오라고 격려해 주었다. 가끔 정치인은 꼴도 보기 싫다는 분들도 계셨지만, 미안하다고 하면 굳은 표정이 금세 바뀌었다. 그렇게 일상과 정치를 결합하는 방법을 터득하고 나니 한결 자신감이 솟고 새로운 아이디어도 떠오르고 슬슬 재미도 붙어 갔다.

그러던 어느 날, 원내총무실에서 연락이 오기를 앞으로는 문광위원회가 아니라 교육위원회에서 일하라는 것이었다. 그것은 통보도 없이 쫓겨난 꼴과 같아서 나는 사전에 동의도 구하지 않은 것에 대해 몹시 화를 냈다.

그러나 결과적으로 그것은 전화위복의 기회가 됐다. 평소 친하게 지내던 최용규 의원이 "지역구 관리하는 데 교육위가 많은 도움이 된다"고 귀띔을 했다. 요즘은 학부모들이 여론을 주도하기 때문이란다. 그 말을 듣고 나는 "옳다구나" 하며 손뼉을 쳤다. 처음 맡은 지역구 관리를 생활정치 차원에서 접근하고 싶었는데, 마땅한 방법이 없어 고민하고 있던 참이었다. 그런데 교육위원회로 옮기면서 해법을 찾았던 것이다.

각 학교들을 순회하면서 학부모들과 간담회를 가졌다. "화장실이 너무 적어서 줄을 한참 서야 합니다", "교실이 너무 낡아 언제 부서질지 몰라요", "학교 앞 도로에 인도가 없어서 아슬아슬합니다", "급식 시설이 없어서 도시락을 싸야 해요" 등등 학교마다 각기 어려운 사정이 있어 학부모들하고 같이 서명운동도 하고 교육청도 찾아다니면서 많은 문제를 해결했다.

그러자 학부모들이 고맙다고 도시락을 싸들고 찾아와 함께 의원동산에서 수다를 떨고 웃음꽃을 피웠다. 그렇게 함께 웃으면서 나는 '지역구에 도전하기를 정말 잘했다'고 생각했다. 그리고 2004년 나는 은평갑 지역 국회의원에 당선됐다.

세상을 구하려거든 여성을 구하라

••• 2003년 5월 27일 오전,

나는 여야 의원 52명의 서명을 받은 '호주제 폐지를 위한 민법 개정 안'이 담긴 서류봉투를 손에 들고 국회 사무처로 향하고 있었다. 내 뒤엔 여러 명의 여기자들이 따라오면서 이것저것 질문을 했다. "이번엔 가능할까요?", "유림의 반발이 심합니다" 등등. 젊은 여기자들은 나름의 사명으로 이 법안의 국회 통과 여부에 촉각을 곤두세우고 있었다.

나는 기자들에게 이렇게 말했다.

"이 법안은 1956년 고 이태영 박사 때부터 제기된 사안으로, 여성계의 50년 숙원이 담겨 있습니다. 국회에서는 1974년 개정안이 처음

상정된 이래 30년 동안 여성계의 주장이 묵살돼 왔는데, 이제 어깨가 무겁습니다.”

호주제는 가족 관계를 종적으로 규정하고 있는 전형적인 가부장제도로, 남성을 통해서만 가족제도를 이어가겠다는 남녀차별적 발상이 담긴 법이었다. 따라서 어린 남자아이가 호주가 돼 할머니나 어머니에 우선하게 돼 있었고, 이혼한 여성은 자녀의 호적 문제로 고통을 받았다.

이런 호주제를 폐지하고 개인을 중심으로 가족 관계를 증명하도록 하며, 어머니 성과 본을 자녀가 따를 수 있도록 하는 등의 제도가 불가피했다. 그러나 유림의 반대와 가부장적 사회 문화에 익숙해진 인식 등으로 인해 폐지되지 못하고 있었다.

법안이 국회에 제출되자, 예상대로 유림을 비롯한 보수단체들의 반발이 터져 나왔다. “전통적인 가족 문화를 파괴한다”는 정도의 비난은 건전한 수준이었다. 사무실로 전화해서는 다짜고짜 “씨 없는 여자들이 어떻게 대를 잇느냐”, “국민 모두를 짐승으로 만들려 하느냐” 등등 이루 말할 수 없는 극언을 퍼부었다.

아버지의 고향은 유교 전통이 강한 경주 양동마을인데, 어느 날 고향 어르신 한 분이 사무실로 전화를 하셨다. “미경아, 여기 유림들이 네 욕을 많이 한다. 고향에서 뭐가 아쉬웠다고 호주제 폐지 같은 것을 주장하느냐", "제사 지내려고 양자도 들이는데, 그것을 막으면 어찌하노", "총선에 나가려면 적당히 하거라" 등 많은 말씀을 하셨다.

그 어르신은 그래도 내가 걱정이 되셔서 전화를 하신 거였다. 지역구 노인정에 가면 가끔 "호주제를 폐지하려는 의원이 여기는 뭐 하러 와"라면서 퉁명스럽게 대하는 어르신들이 많았다.

그때마다 나는 "호주제는 원래 우리나라에 없었는데 일제 때 들어온 겁니다. 그리고 자녀의 성은 아버지를 따르는 것이 원칙이고, 아주 예외적인 경우에 법원의 허가를 받아서 어머니 성을 따르도록 할 겁니다"라고 차분히 설명드리곤 했다.

그러나 사람의 인식이란 하루아침에 바뀔 수가 없는 법이라, 일시적으로는 손해를 볼 수도 있고 욕을 먹을 때가 있다는 것을 안다. 그러니 손해 볼 때는 손해를 봐야 하고, 욕을 먹어야 할 때는 욕을 먹는 것이 차라리 속이 편할 수도 있다.

나의 발의는 16대 국회에서 받아들여지지 못했다. 이후 2년간 동료 여성 의원들과 여성부는 호주제 폐지를 위한 사회적 합의를 이끌어내기 위해 무던히도 노력했다. 수십 차례의 당정협의와 공청회·토론회 등을 통해 우리 주장의 정당성을 입증하려고 노력한 결과 국민의 60% 이상이 호주제 폐지에 동의하는 등 여건이 무르익었다.

그리고 비로소 17대 국회에 들어와서 결실을 맺었다. 그때는 이경

숙 의원이 발의했는데, 특히 법무부의 강금실 장관이 이 법의 필요성
에 공감하고 있어서 지은희 여성부 장관과 함께 손을 잡고 일사천리
로 진행할 수 있었다.

결국 유엔의 호주제 폐지 권고에도 불구하고 완강하게 버티던 법
무부가 "헌법상의 남녀평등을 보다 충실히 구현하기 위해 호주제 폐
지에 동의한다"고 했고, 2005년 3월 마침내 호주제 폐지 법안이 국회
를 통과했다.

'세상을 구하려거든 여성을 구하라', '딸들에게 희망이 있어야 미
래가 있다' …….

여성학에 눈을 뜬 이래 나는 끊임없이 이 말들을 되새겼다. 그리고
그 아래 여러 일들을 하면서 한 가지 현명한 명제를 몸으로 체험했다.
바로 '하늘은 스스로 돕는 자를 돕는다'는 것이다. 스스로 노력하지
않는 사람에게 하늘은 아무것도 주지 않는다. 스스로 씨를 뿌리고 밭
을 갈아야 뭔가를 얻을 수 있는 법이다. 아무리 척박한 땅이어도 꾸준
히 땅을 갈고 씨를 뿌리면 언젠가는 곡식을 얻게 된다. 그 진리를 나는
호주제 폐지 과정을 통해 다시 한 번 깨달았다.

유일하게 통과된 개혁법안, 언론개혁법

••• 2004년 6월 내가 국회 문화관광위원장이 되자, 언론사들은 수년간 처리되지 않은 언론개혁법을 어떻게 처리할지 촉각을 곤두세웠다. 나는 국회에 언론발전위원회를 설치할 테니 언론이 그 안에 들어와 함께 자율적인 개혁 방안을 합의하자고 제안했다.

내가 언론발전위원회 설치를 주장한 것은 사회적 갈등을 일으킬 수 있는 미묘한 사안일수록 합리적인 절차와 과정을 밟는 것이 중요하다는 나름의 소신 때문이었다. 이미 16대 국회에 한나라당 의원 중심으로 언론발전위원회 설치안이 제안된 바 있고, 정치권이 개혁 방안을 만들기보다는 언론에게 기회를 주는 것이 법 통과에 도움이 되리라 판단했던 것이다.

그러나 당시 여야는 국가보안법·사립학교법 등 개혁 법안을 놓고 치열한 대립을 하고 있던 터라 나의 제안은 허공을 맴돌 뿐이었다. 결국 언론발전위원회 설치가 좌절되자, 나는 여당 의원들에게 합리적인 언론개혁법안을 만들어 보는 게 좋겠다고 제안했다. 김재홍·정청래 의원 등과 함께 언론개혁법 초안 작성에 들어갔다.

언론개혁법의 쟁점 사항은 첫째, 사주의 소유지분을 제한할 것인가, 둘째 시장점유율을 제한할 것인가, 셋째 발행부수 등 경영정보를 공개할 것인가 등이었는데, 하나같이 언론과 야당이 반대하는 내용이라 어찌해야 할지 고민이 컸다.

특히 '사주의 소유지분 제한'은 헌법상 사유재산권 침해 우려가 있어 현실적으로 불가능했다. 하지만 그것을 제외한다면 틀림없이 시민단체 등에서 비난의 화살이 날아올 것이 뻔했다. 이러지도 못하고 저러지도 못하는 상태였다.

그러던 차에 언론 시민운동가들을 만났다. 내가 "소유지분 제한은 언론사와 한나라당의 반발이 큰 데 비해 실효성이 별로 없는 것 같다. 지분을 제한한다고 해서 사주의 영향력이 감소할 수 있을지 의문"이라고 했더니 그중 몇 사람은 "시민단체는 주장을 하는 것이고, 국회는 법을 만드는 곳입니다"라고 했다.

그 말에 힘을 얻어 나는 야당의 소장파 의원들과 의견을 조율했다. 정병국·박형준 의원 등은 소유지분 제한을 제외하면 다른 조항들은 긍정적으로 검토해 보겠다고 했다. 결국 소유지분 제한 건만 양보하면 훨씬 더 많은 것을 얻으면서 야당 소장파 의원들과 연대를 할 수 있을 것 같았다. 나와 우상호·정병국 간사는 "다른 상임위는 어떤지 몰라도 문광위에서만은 여야 합의를 반드시 이루자"고 서로를 격려하면서 2004년 12월 언론개혁법을 상임위에 상정했다.

정기국회 폐회를 이틀 앞두고 한나라당 일부 의원들이 위원장석을 점거하고 회의 진행을 가로막아 법안 통과를 저지하는 우여곡절이 있었지만, 마침내 2004년 12월 31일 언론개혁법이 국회를 통과했다. 그 해 세상을 떠들썩하게 했던 4대 개혁입법(국가보안법·사립학교법·과거사법·언론개혁법) 중 유일한 것이었다.

혹자는 그때 언론개혁법이 누더기법이어서 언론 개혁을 확실히 할 기회를 놓쳤다고 나를 비판한다. 나 역시 그 법이 훌륭한 법이라고 생각하지는 않는다. 그러나 세상의 진보는 한 걸음에 백 보일 수는 없다. 한 걸음 한 걸음이 모아져서 백 걸음이 되는 법이다.

이 법을 통해서 발행부수와 경영정보 등을 공개할 수 있게 됐으며, 어지럽고 불투명하던 신문의 유통 질서를 확립하게 됐다. 중소 언론을 육성하고 언론피해구제 절차를 간소화하는 성과도 있었다. 물론 더 많은 것들을 얻어낼 수 있었다면 좋았을 테지만, 이 법이 아니었다면 이것마저도 있을 수 없었다. 그것이 바로 백 걸음을 욕심내지 않고 한 걸음만 욕심낸 결과다.

국민이 언론의 자유를 강조하는 것은 언론 사주의 이익을 옹호하기 위해서가 아니라, 국민의 알 권리를 충족시키기 위해서이다. 언론이 진정한 사회의 공기(公器)가 되려면 언론사 내부의 자유와 기자들의 자율적인 취재권 및 편집권을 보장해 주어야 한다. 그것이 언론이 바로 서는 길이며, 정권을 비판하고 견제하는 언론의 기능을 제대로 행사하기 위한 전제조건이다.

엄마는 뭐 하러 국회의원 해?

　　　　　　　　　• • • 무거운 발걸음으로 의원실에 돌아온 뒤
문을 잠그고 혼자 앉았다. 말로 표현할 수 없이 가슴이 쓰라렸다. 나
도 모르게 한 줄기 눈물이 흘렀다.

"엄마는 뭐 하러 국회의원 해?"

사랑하는 딸 나래의 그 한마디가 비수처럼 가슴을 후벼팠다.

그날 나는 이라크에 대한 국군 추가 파병과 관련해 '파병 반대' 라
는 나의 소신을 접고 당론을 따랐다. 그리고 시민단체 대표자들을 만
나 어려운 설득을 하고 돌아오는 길이었다.

2004년 6월, 17대 국회 개원과 동시에 발등에 불이 붙은 것은 이라

크 추가 파병 문제였다. 16대 국회 막바지에 파병 동의안이 국회를 통과한 상태였고, 노무현 대통령도 추가 파병을 차질없이 추진해야 한다는 입장이었다. 그러나 17대 국회가 새로 구성되자 시민단체의 파병 반대 시위가 더욱 거세졌고, 개혁 성향의 초선 의원을 중심으로 파병 재검토 요구가 확산되고 있었다.

나 역시 이라크전 발발 이후 일관되게 파병 반대를 주장하던 터였다. 초강대국 미국이 일방적으로 일으킨 명분 없는 전쟁에 소중한 우리 국군을 파병하는 것은 옳지 않다고 확신했다.

그러나 대다수의 중진 의원들은 명분도 중요하지만 국익을 고려해야 한다며 신중론으로 돌아서고 있었다. 한미동맹에 균열이 생기면 경제불안과 안보위기가 가중된다는 것이었다. 이 때문에 파병 반대론은 시간이 갈수록 소수 의견으로 전락하고 있었다.

그런데 한 시민단체에서 인턴으로 일하고 있던 둘째딸 나래는 날이면 날마다 내게 반론을 펼쳤다. 그 아이는 아마도 우리나라에서 이라크 파병 관련 자료를 가장 많이 본 사람 중 한 명일 것이다. 학생 신분이었지만 주요 단체에서 전문가로 인정할 정도로 많은 자료를 수집하고 사람들에게 알렸다. 그러고는 내게도 매일 새 자료를 구해 와서는 이렇다 저렇다 주장을 했다.

"그만해라. 피곤하다."

어느 날 지친 내가 그만하라고 하자, 나래는 한 치의 양보도 없이 따졌다.

"엄마는 뭐 하러 국회의원 해?"

정치인 엄마를 지켜보면서 10년을 하루같이 격려와 지지를 보내 주던 딸이 그날만은 물러서지 않았다.

'초선 다르고 재선 다르고 삼선 다르다더니…… 나도 그런가?'

자책이 밀려왔다. "뭐 하러 국회의원 하냐"는 그 말은 비단 딸의 비판만은 아닐지 모른다는 생각이 들었다. 나의 활동에 기대하는 모든 사람들이 하고 싶은 말이었을 수도 있다. 다만 그 애는 내 딸이니까 그렇게 직선적일 수 있었던 게 아닐까.

하지만 아무리 궁리해 봐도 소수의 힘으로 이미 결정된 파병 결의를 되돌리기에는 역부족이었다.

얼마 후 노 대통령이 나를 비롯한 파병 반대파 의원들을 청와대로 초청했다. 주장에 차이가 있어도 상대의 의견을 서로 경청해 보자는 취지였다.

나는 성 프란체스코의 '평화의 기도'를 대통령 앞에서 읽었다.

"나를 당신의 도구로 써주십시오. 미움이 있는 곳에 사랑을, 다툼이 있는 곳에 용서를, 분열이 있는 곳에 일치를, 절망이 있는 곳에 희망을. 정치와 종교는 다르니까 대통령께 이 기도문과 똑같이 하라고 강요할 수는 없지만, 그래도 아무 잘못 없이 죽어 가고 있는 이라크의 어린아이들을 생각해 보셔야 합니다.”

그렇게 말문을 꺼내고는 미리 준비해 간 질문을 하기 시작했다.

이미경 : 의료·공병부대를 파견한다고 하지만 전투병 요청을 위한 수순
아닙니까?
대통령 : 절대 아닙니다.
이미경 : 단 한 명이라도 사상자가 발생하면 어떻게 하시겠습니까?
대통령 : 조기 철군할 수 있습니다.
이미경 : 아르빌은 쿠르드족의 분리독립운동으로 분쟁 가능성이 높습니다.
대통령 : 종합적으로 분석할 결과 안전하다고 장담할 수 있습니다.

모두 10개항의 질문을 던졌다. 그것들은 어떤 면에서는 무례하기 조차 할 수 있는 것들이었지만 대통령은 성의껏 답변했다. 문답이 끝나자 대통령이 덧붙였다.

“어떤 상황에서도 원칙을 잃지 않는 이 의원이 부럽습니다.”

나는 대통령의 말을 이렇게 받아들였다.

‘대통령이 돼 보니 소신대로 하기 어렵소. 이 의원이 이해해 주시오.’

다음날 조간신문은 노무현과 이미경의 ‘아름다운 대화’니 ‘원칙과

상생'이니 하는 미사여구로 청와대 문답을 칭찬했지만, 내 마음은 한 없이 무거웠다. 아무 일도 손에 잡히지 않았다.

결국 그날 의원총회는 파병 찬성을 표결 없이 당론으로 결정됐다. 시민단체들이 가만있을 리 만무했다. 토론회에 나와 당의 입장을 공식적으로 밝히라고 했는데, 당에서 아무도 안 가겠다고 해서 어쩔 수 없이 내가 갔다.

"최선이 아닌 차선을 택하게 돼 죄송합니다."

고함 소리가 터져 나왔다.

"비겁한 타협입니다!"

토론회가 끝나고 회의장을 나서는데 고개를 들 수 없었다.

나래는 여전히 나의 입장을 이해해 주지 않는다. 엄마의 노력이 부족했다고 말한다. 어쩌면 나래는 앞으로도 몇 번쯤 더 그런 질타를 할지 몰라 솔직히 두렵기도 하다.

그러나 한편으로는 고맙다. 무슨 잘못이든 다 감싸 주는 가족이 아니라 단호히 잘못을 지적해 주는 진정한 가족임이 감사하다.

국회의원으로 일하면서 늘 원칙과 소신을 지키려고 하지만 때로 흔들리는 순간을 맞을지 모른다. 그럴 때마다 나는 딸의 말을 떠올릴 것이다. 그렇게 날카로운 지적을 해주는 모든 사람들, 때때로 무뎌지려는 나를 벼리는 그들이 있어 나는 오늘도 긴장의 끈을 늦추지 못한다.

부모님과 우리 세 자매. 맨 앞에 앉아 있는 사람이 방송문화진흥원 이사장인 언니 이옥경이고 맨 왼쪽이 나다.

초등학교 3학년 때 부산 광안리 해수욕장에서의 즐거운 하루.

동복 세라복은 경남여중 교복이다. 가을 소풍, 물 흐르는
어느 계곡 바위에서 친구와 도시락으로 점심 식사를 하다.

중학교 예절 실습 시간. 곱게 한복을 차려입었다.

꿈 많던 여고 시절 친구들과의 즐거운 한때.

대학 캠퍼스에서 어느 봄날 친구와 함께.

대학 졸업을 같이 한 친구 장하진과.

현재 청소년위원회 위원장인 친구 최영희 결혼식에서.

잘생긴 신랑과 면사포 쓰고.

행복한 신혼 시절

사랑하는 두 딸 아람, 나래와 함께

뒷줄에 장성한 세 자매. 앞줄 왼쪽이 큰형부 고 조영래 변호사이고 오른쪽이 남편 이창식. 1980년대 중반 새
해 명절에 부모님 댁에 모두 모였다.

시아버님이 돌아가시기 전에 온 가족이 찍은 마지막 사진

1988년 미국 뉴욕에서 열린 국제여성인권대회에서.

1990년 탁아 입법 토론회에서. 맨 오른쪽에 앉아 있는 토론자가 나다.

한국여성단체연합에서 일할 때 참가한 양심수와 장기수 석방 촉구대회.

1992년 9월 평양에서 열린 '아시아의 평화와 여성의 역할' 토론회에 참가했을 때 김일성 주석과 함께 찍은 기념 사진.

13년 만에 다시 찾은 평양. 2005년 8월 조용필 평양 공연 후 열린 만찬회에서.

1994년 7월 일본대사관 앞에서 열린 수요시위에서 일본군 위안부에 대한 보상을 요구하는 플래카드를 들고 있다.

1996년 2월 국회의원이 되기 전 일본의 독도 영유권을 규탄하는 집회에서.

2005년 다시 찾은 수요시위 현장에서 일본 고이즈미 총리
의 신사참배에 반대하는 피켓을 들고 있다.

2007년 11월 미 하원 일본군 위안부 결의안을 통과시킨 마이크 혼다 의원을 초청해서 가진 기
자회견장에서.

1999년 한나라당 당론과 달리, 동티모르 파병안에 혼자 찬성한 사건으로 나는 당에서 쫓겨났다.

2005년 국회 문광위원장 시절 동티모르 아이들을 초청해 국회 운동장에서 찍은 기념사진

15대 국회 환경노동위원회 시절 시화공단 오염 문제와 관련하여 질의하는 모습.

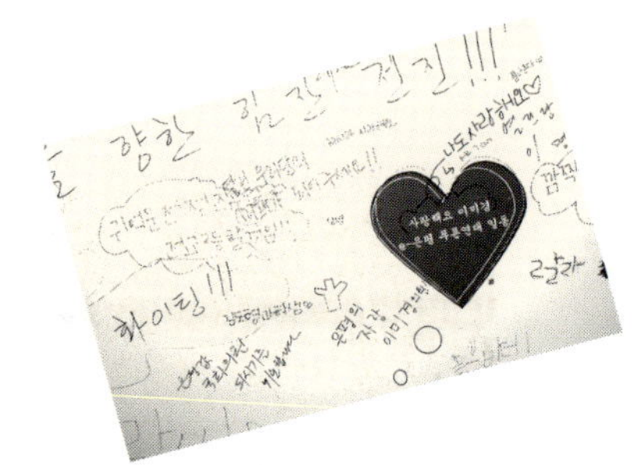

2004년 총선 유세 때 지역구민을 향해 손을 흔들
고 있다.

당선 확정 뒤 지지자들과 기쁨을 나누고 있다.

나의 지역구인 은평구 청년들과 함께 불광천변에서 투표를 격려하며.

지역구 원로 당원이신 조규술 어르신과 반갑게 인사하고 있다.

은평구 약사들과 함께 이웃사랑 다과회에서.

월마클(월드마라톤클럽) 하프마라톤
대회에서 달리고 있다.

2003년 새만금 갯벌 보전을 위한 삼보일배 행사에 참여해 절하고 있는 모습.

부동산특위 위원장으로 활동하던 당시 권오규 경제부총리와 질의응답하는 모습.

2003년 교육위원회 시절 '제1의 교육도시 은평 만들기' 순회 토론회에 참석했을때.

2002년 은평구민들과 함께 월드컵 축구경기 응원을 하고 있다.

2003년 '호주제 폐지를 위한 개정법률안'을 김희선 의원과 함께 국회 사무처에 제출하고 있다.

2004년 문화관광위원장 시절 국정감사를 주관하고 있다.

용산으로 이전한 국립중앙박물관에 복원, 전시된 국보 제86호 경천사 십층석탑 앞에서.

부산에서 기차를 타고 평양을 거쳐 유라시아 대륙에 가보는 게 내 꿈인데, 2001년 5월 시베리아 횡단철도를 타고 비록 일부 구간이지만 그 꿈을 조금이나마 이뤘다.

2003년 8월 국회를 방문한 어린이들에게 사인을 해주고 있다.

2003년 한국여성유권자연맹이 선정하는 '여성정치발전인상'을 수상하고 나서 찍은 기념사진

2003년 은평구 증산중학교에 책을 기증하고 나서 학생들과 함께.

2005년 국제한지산업박람회 '한지 한복 패션쇼'에 참가했을 때. 한복의 아름다움을 다시 한 번 느낄 수 있었다.

의원님들도 손해보실 부동산 대책

··· 유난히 하루 종일 종종거리게 되는 날

은 팔다리를 쭉 뻗고 잠자리에 누울 때 '아, 정말 편하다' 하는 생각이
절로 든다. 그렇게 우리를 편하게 쉬어 재충전하게 하고, 가족들과 사
랑을 나눌 수 있게 하는 다정하고 따뜻한 곳이 집이다. 그런데 그 집이
어느 날부터인가 '공간'으로서의 가치에 머물지 않고 '재화'로 발전
하더니 급기야 '투기'의 수단이 돼버린 것이 오늘 우리의 안타까운 현
실이다.

2006년 11월, 나는 여당의 부동산특위 위원장을 맡았다. 김근태 의
장이 "이 의원 아니면 할 사람이 없다"고 해서 어쩔 수 없이 수락한 것

이다.

그해 5·31 지방선거 참패 이후 여당은 거의 '식물 정당' 상태였다. 청와대와의 마찰, 당내 패배의 확산, 통합론을 둘러싼 분열 등 무엇 하나 제대로 되는 게 없는 한심한 상황이었다. 엎친 데 덮친 격으로 은평 뉴타운, 검단 신도시 발표 이후 아파트 값은 천정부지로 뛰어올랐다. 정부가 대책을 발표했지만, 시장 불안은 진정될 줄 몰랐다.

이런 상황에서 나에게 '소방수'를 맡으라니 솔직히 낭떠러지로 내몰리는 기분이었다. '대통령도 감당하지 못하는 저 부동산 광풍을 내가 무슨 수로 감당할 수 있을까? 잘하면 본전이고 못하면 정치 생명도 끝이다'라는 생각이 머리를 스쳤다.

그러나 수락을 번복할 수도 없는 노릇이고, 특위 활동 시한은 한 달밖에 남지 않았기 때문에 부딪치기로 했다. 우선 실무력이 뛰어난 10여 명의 의원들로 특위 위원을 선정했다. 아침마다 학자·전문가들과 토론을 벌였고, 경실련·참여연대·토지정의연대 등 시민단체와도 수시로 토론했다. 그리고 나서 특위 초안을 만들었다.

'분양 원가 공개와 상한제를 전면 도입한다', '공공 택지는 전면 공영개발, 원가로 주택을 공급한다', '청약 가산점 제도를 도입해 무주택자에게 우선적 혜택을 준다', '종부세를 주거복지목적세로 전환한다' 등의 파격적인 내용이었다. 이 보고서를 최고위원회에 올렸더니 아무도 발언하지 않다가 "무섭네요" 이 한마디만 흘러나왔다.

그리고 당정회의에 들어갔다. 사실 당정협의는 말이 '협의'지, 실제로는 정부가 여당에게 도움을 요청하는 자리다. 그런데 그때는 당이 자체적으로 초안을 만들어 정부를 압박하는 것이었기 때문에 정부도 긴장을 하고 있었다.

정부는 "당 특위의 부동산 정책은 시장주의에 역행하고 건설업체를 위축시켜 주택 공급에 막대한 지장을 일으킨다" 며 단 한 건도 수용할 수 없다고 했다. 집값을 안정시켜 서민을 살리자고 의견을 모아도 시원찮을 판에 건설업체 걱정만 하고 있는 꼴이었다.

나는 아파트값 폭등에 대한 정책 청문회가 필요하다며 협박 아닌 협박까지 해서 결국 '분양가 상한제'와 이른바 '반값 아파트'라 불린 '환매조건부·토지임대부 주택 도입' 시범 실시 합의를 이끌어냈다. 정부는 '원가 공개'와 '청약가점제' 등에 대해서는 더 이상 양보할 수 없다고 했는데, 그 배경에는 "원가 공개는 좌파 정책" 이라며 불만을 터뜨린 관료 출신 의원들의 입김이 일부 작용했던 것 같다.

지금까지도 1·11 부동산 대책을 사회주의 제도니 좌파 정책이니 하는 사람들이 있는데, 나는 이해할 수 없다. '선분양'이란 제도는 우리나라에만 있는 특이한 제도다. 물건을 만들지도 않고 소비자 돈을 미리 끌어다 쓰면서 그 돈이 어떻게 쓰였는지 공개하라는 것이 왜 잘못된 것일까? 나는 원가 공개가 반시장적인 게 아니라 선분양 제도가 반시장적이라고 주장했다. 그러나 정부는 역시 건설업체에 대한 걱정으로 입장을 정리했다.

청약가점제 도입 역시 논쟁이 팽팽해서 건설교통부는 실시 시기를 2년 뒤로 미루자고 했다. 갑자기 도입하면 부작용이 우려된다는 논리에서였다. 우리 특위 위원은 다주택자들과 투기꾼을 제어하자는 것이라며 목소리를 높였는데, 그때 한 공무원이 지나가는 말투로 말했다.

"그거 도입하면 의원님들도 손해보실 텐데요."

기가 막혔다. 국회의원이 자신들의 영리를 목적으로 일하는 사람이라는 얘기인가 뭔가. 머릿속이 아찔했다. 질책을 할까 하던 차에 건교부 장관이 "청약가점제 조기 도입에 동의한다"고 해 더 이상 문제를 삼지 않았으나, 국회의원이나 공무원의 정체성에 대해 깊이 생각해 봐야 할 사람이 한둘이 아니다 싶었다.

남은 미합의 쟁점은 다음 해로 넘어갔다. 특히 원가 공개가 불가능해 보였으나, 나는 포기하지 않고 한명숙 총리를 만나서 "대통령이 국민과 한 약속인데, 관료들이 뒤집으면 정책의 신뢰성에 중대한 차질이 발생한다"며 대통령을 설득해 줄 것을 부탁했다. 결국 한 총리가 움직이면서 정부 입장에 미묘한 변화가 감지되었다. 마침내 부총리는 "토지 가격을 감정 가격으로 하고, 공개 항목을 7개 정도로 하면 원가 공개를 수용하겠다" 고 밝혔다.

그러한 우여곡절 끝에 마침내 1·11 대책이 발표됐다. 1·11 대책 발표 이후 부동산 시장은 안정을 되찾았다.

그러나 나는 최고위원회에서 이렇게 말했다.

"지금까지 정부의 주택정책은 건설업체와 개발 관료들만의 주장을 반영한 반쪽짜리 정책이었습니다. 당은 국민의 소리를 듣지 못하고, 정부 정책을 감싸기만 했습니다. 그 결과 부동산 폭등이 일어났고, 우리 당은 무능한 당으로 낙인찍히고 말았습니다. 이제 지난 과오를 진정으로 반성하고 새롭게 태어나야 합니다. 민생을 챙기는 정책 정당으로 바로 서지 않고서는 민심을 회복할 수가 없습니다. 그런 의미에서 1·11 대책은 끝이 아니라 시작입니다."

말없이 참아야
할 때도 있다

살다 보면 때로 억울한 일을 겪어도 참을 줄 알아야 한
다는 것이다. 너무 억울해서 아무나 붙잡고 하소연하고
싶어도, '조금만 더, 조금만 더' 하며 묵묵히 참고 기다
리면 언젠가는 그 모든 것들이 바람처럼 지나간다. 그
리고 다시 평화가 찾아온다.

머리채를 잡히다

　　⋯ 그때 들었던 생각은 '드디어 터질 것이 터졌다'는 것이었다. 초선 때 어느 선배 의원이 "소신대로 하다가 화장실에서 두들겨맞을지도 모르니 조심하라"고 했는데, 꼭 그대로는 아니었으나 어쨌든 터지고 만 것이다.

　　2003년 9월 당무회의에서 한 여성당원이 내 머리채를 있는 힘껏 잡아당겼다. 언론사의 카메라가 곁에 있을 때 생긴 일이라 그 사건은 고스란히 9시 뉴스에 방송됐고, 그 장면을 찍은 사진기자는 그해 특종상을 받았다. 그뿐 아니다. 그날 일로 민주당의 내분은 걷잡을 수 없는 상황으로 치달았고, 결국 분당과 열린우리당 창당을 가속시켰다.

　한참 세월이 지나 생각해 보니, 내가 머리채를 잡힌 것은 우연성과 필연성이 동시에 내재된 아주 복잡한 사건이었다. 당시 민주당은 개혁 문제를 놓고 내부에서 극심한 갈등을 겪고 있었다.

　그때 나는 민주당의 개혁이 필요하다고 생각했지만 신당 창당에는 소극적인 자세를 취했다. 갈등이 크긴 하지만 대화로 해결할 일이라는 입장이었다. 당무회의에서도 조용히 앉아 관망하는 편이었다. 그날도 오전 회의에 참석했더니 당직자들이 이편 저편으로 나뉘어 고함을 지르고 싸워서 영 회의에 참가할 기분이 아니었다. 옆에 앉은 의원에게 "이래 가지고 어떻게 회의를 할 수 있느냐" 면서 한숨을 쉬고는 회의장을 나왔다.

　그러고는 지역구에서 학부모 간담회에 참석했다가 오후 회의에 가려는데, 보좌관이 "오늘 당무회의 분위기가 심상치 않으니 비서관을 보내겠다"고 했다. 그러라고 한 뒤 당사에 갔는데, 비서관이 나를 못 찾아 헤매는 사이에 나는 이미 회의장에 도착해 버렸다. 회의장 안은 오전보다 더 어수선했다.

　그런데 자리에 앉자 옆 좌석의 박모 당무위원이 "조심하셔야겠어요. 누가 혼내 주겠다고 합니다" 하는 것이었다. "그래?" 하고 대답을 하는데 난데없이 누군가가 뒤에서 내 머리채를 잡아챘다. 주위 사람들이 뛰어나가 말리고, 몸싸움을 하고 내 주위는 그야말로 아수라장이 됐다.

내가 강경한 신당파였다면 봉변을 당할 가능성이 있기 때문에 대비를 했을 것이다. 또 비서관과 만났다면 그런 일이 없었을지도 모른다. 그렇게 보면 그 사건은 우발적인 것이다.

그러나 필연성도 있음을 부인할 수 없다. 그 여성 당원에게 나는 '눈엣가시 같은 존재'였다. 자신은 십수 년 야당 생활을 하면서 숱한 고생을 했는데 이미경은 돈 한 푼 안 쓰고 비례대표를 두 번씩이나 했으니. 그러면서도 당의 개혁을 요구하는 것이 곱게 보일 리 없었다. 그 입장도 한편으론 이해가 갔다.

어찌됐건 그 사건은 신당 창당의 기폭제가 됐다. 잘된 일인지 잘못된 일인지 나를 알아보는 사람도 예전에 비해 갑절이나 늘어났다. 동네의 어느 스님은 "그런 상황에서도 표정 변화도 없고 그냥 담담하게 머리만 한 번 쓱 쓰다듬더니 조용히 일어서서 나가더라. 내공이 상당하다고 느꼈다"며 격려해 주기도 했다.

만약 그날 내가 똑같이 머리를 쥐어뜯고 싸웠다면 어떻게 됐을까? 아마 똑같은 사람 취급을 받으면서 하나의 해프닝으로 끝났을 것이다.

2007년 대선을 앞두고 대통합 논의가 본격화되면서 민주당과의 통합이 핵심 쟁점으로 떠올랐을 때 속이 참 복잡했다. 그때 내가 그 일을 당하지 않았더라면 민주당의 분당은 없었을까?

‘인생지사 새옹지마’ 라는데, 정치야말로 딱 그렇다. 어제의 불행
이 오늘의 행복이고, 오늘의 행복이 내일의 불행일 수 있는 것. 그래서
불행한 순간에 좌절하지 말고, 행복의 순간에 교만하지 않는 것이 정
치인의 자세여야 한다고 믿는다.

돌담이, 능수버들, 돌베개 사랑합니다!

급속도로 진행되면서 본질적인 고민이 생겼다. 신당에 합류하기 위해서는 의원직을 버려야 하기 때문이다. 그것은 비례대표의 한계이자 업보다. 초선 때에는 어느 곳에서라도 소신껏 열심히 하면 되리라 생각했지만, 어느덧 나는 초보 정치인이 아니었다. 보다 복잡한 생각들을 수렴하며 가야 하는 것이다.

게다가 나와 함께 일하던 여섯 명의 보좌진도 고민거리 중 하나였다. 그동안 내가 힘들 때나 기쁠 때나 함께 해주던 가족 같은 사람들. 나야 그만두면 되는 것이지만 가장인 그들의 생계는 어찌될 것인지 걱정스럽지 않을 수 없었다.

　나는 고민을 안은 채 국정감사가 끝나길 기다리고 있었다. 그런데 어느 날 보좌관이 "이제 의원직을 그만두실 때가 된 것 같다"며 먼저 얘기를 꺼냈다. 내가 그들 걱정을 하자, 그들은 오히려 웃으면서 "무슨 그런 걱정을 하십니까? 같이 고생하는 거죠"라고 말했다. 다들 자원봉사를 하겠다는 결심이란다. 정말 고마웠다. 마침 신기남 의원이 여비서를 구한다기에 9급 비서를 그리 보내기로 했는데, 그 친구는 왜 자기만 쫓아내느냐며 울고불고 난리를 쳤다. 보좌진에게 일만 죽도록 시켰는데 일하면서 정이 많이 들었던 것이다.

　약속대로 국정감사를 마치고 2003년 10월 23일, 나는 국회 본회의 신상발언을 통해 의원직 사퇴를 선언하고 시민의 한 사람으로 돌아왔다. 집에 와서 생각해 보니, 눈앞에 구만리 험한 산이 가로막혀 있는 기분이었다. 이후 한참 동안 불면증에 시달렸다. 바깥에서는 의연한 척했지만, 신당이 과연 성공할 수 있을지, 총선 준비는 어떻게 해야 할지 참 막막했다.

　그렇게 한 열흘 속앓이를 했더니 몸상태가 말이 아니었다. 그동안 약을 지으러 한의원에 간 적이 없었는데 도저히 안 되겠다 싶었다. 친정어머니가 늘 권하시던 한의사에게 갔더니 "정치인과 운동선수는 체력이 중요하다"며 심장을 튼튼히 하는 보약을 지어 줬다. 보약 먹고 정치 할 줄은 꿈에도 생각 못 했는데, 이게 정치라는 건가 싶기도 했다.

그렇게 시름을 털고 일어나면서 나는 새로운 도전을 시작했다. 새로 창당된 열린우리당의 최고위원 경선에 출마하기로 한 것이다.

그런데 그러려면 기탁금 7천만 원을 내야 한다고 했다. 나는 은행 대출을 받았다. 넉넉지 않은 가정형편 때문에 적은 돈에도 벌벌 떨면서 살았는데 거금 7천만 원을 은행에서 빌리는 것을 본 남편은 "그 많던 겁이 다 어디 갔을까?"라면서 나를 놀렸다.

5명의 최고위원을 뽑는데 모두 8명이 출마했다. 여성은 나와 허운나 의원이 출마했는데, 여성에게 의원수를 할당하는 규정 때문에 둘 중 표를 더 많이 얻는 사람이 자동으로 최고위원에 선출되도록 돼 있었다. 여성을 보호하자는 취지에서 만든 규정이지만, 이 규정 때문에 나와 허 의원은 마이너리그로 취급됐다.

오기가 생겼다. 나는 내 힘으로 당당히 당선되겠다는 목표를 세웠다. 지구당 당직자들이 열일 제쳐두고 고향으로 내려가고, 남은 사람들은 전화통을 붙잡고 지지를 호소했다. 돈도 없고 확고한 지지 세력도 없었으니 그것만이 유일한 선거 전략이었다.

그런데 어느 날 답답한 마음을 안고 당 홈페이지 게시판에 들어가 봤더니 이게 웬일인가? '돌담이', '능수버들', '돌베개', '부드러운 직선' 등 처음 들어 보는 ID의 당원들이 '이미경을 찍자'는 내용의 글을 올리고 댓글을 달고 논쟁을 주도하고 있었다. 그렇게 고마울 수가 없었다. 세상이 다 내 것이 된 것처럼 든든했다.

나는 마지막 TV 토론 때 이렇게 말했다.

"저하고 밥 한 번 먹은 적 없는 돌담이, 능수버들, 돌베개, 부드러운 직선님! 감사합니다. 개미당원들의 뜻을 잘 받들어 민주 정당을 만들겠습니다."

드디어 전당대회 날이 다가왔다. 서울 올림픽경기장에 높은 단상이 마련됐는데, 단상이 유난히 높아 보였다. 그러나 나는 나를 응원해 준 사람들을 하나하나 떠올렸다. '그 사람들의 지지를 잊지 말자'고 생각했다. 그리고 크게 심호흡을 한 뒤 단상에 올랐다.

결국 나는 5위를 차지하며 자력으로 당선됐다. 대부분의 사람들에게 정말 뜻밖의 결과였을 것이다. 하지만 아무 대가도 없이 나를 지지해 준 분들로서는 진심 어린 노력의 결과였다. 아마도 그분들은 나의 당선을 나보다 더 기뻐했을 것이다. 인복이 많은지 언제나 내 곁에는 그런 분들이 많은데, 그런 분들이 있어 얼마나 힘이 되는지 그분들도 이심전심으로 알아줬으면 좋겠다.

말없이 참아야 할 때도 있다

··· 2004년 17대 총선을 한두 달 앞둔 시점으로 기억된다. 당시 내일신문 편집국장이던 언니 이옥경이 급히 보자고 해서 신문사로 갔다. 인터넷 게시판에 돌고 있는 '찌라시'라며 보여 주는데, 내용이 가관이었다.

'이미경이 강남의 호스트바에 갔다가 모 방송국 기자에게 들켰다. 그 기자가 민주당 대표에게 그 사실을 알렸다. 이미경이 당대표를 찾아가 울며불며 한 번만 살려 달라고 했다.'

대략 그런 내용이었다. 2003년 민주당 분당 사태를 전후해 나를 음해하고자 작성된 듯했는데, 그것이 마치 사실인 양 인터넷 게시판을 떠돌아다니고 있었다. 하도 어이가 없어서 웃음이 나왔다.

언니는 총선을 앞두고 괴상한 유언비어가 돌아다니고 있으니 큰일이라며 대책을 마련하라고 했다. 다른 것도 아니고 '호스트바'라니……. 생각할수록 억울하고, 누가 그런 소문을 퍼뜨렸는지 괘씸하기 짝이 없었다. 꼭 출처를 밝히고야 말겠다 생각하면서 당장 지구당으로 달려가서 참모들을 불러모았다.

그런데 참모들은 이미 그 사실을 알고 있는 게 아닌가? 사무국장이 "저도 인터넷에서 봤습니다. 호스트바 정말 가셨습니까?"라고 하는 것이었다. 기가 막힐 노릇이었다. 보좌관들은 이미 몇 달 전에 그 소문을 들었고, 기자 몇 명이 사실 확인차 전화도 했다는 것이다.

"그런데 왜 지금까지 아무 말 하지 않았냐"고 물었더니 "의심나면 물어 봤겠죠", "하도 말이 안 돼서 말이죠", "혹시 다녀오셨어요?" 하는 것이었다. 나는 부아가 머리 꼭대기까지 치밀어올랐는데 참모들은 슬슬 농을 던지고 있었다.

나는 경찰청 사이버수사대에 고발하고 기자회견도 하겠다며 강하게 대응할 입장을 밝혔다. 그러나 참모들은 절대 안 된다며 만류했다. 그 이유는 이랬다. 첫째, 대응하면 모르던 사람도 알게 된다. 둘째, 사실이 아니라고 할수록 사실처럼 믿는 것이 사람들의 마음이다. 셋째, 수사를 해도 출처를 밝히기 어렵다는 것이다.

듣고 보니 맞는 말이었다. 흥분을 가라앉히고 곰곰이 생각하니 내가 반응을 하면 할수록 시끄러워질 게 뻔했다. 사람들은 나의 진심을 궁금해하기보다는 가십거리로 생각하며 입방아 찧을 것이 틀림없었다. 할 수 없이 참자고 결정했다. 억울함을 꾹 참으면서 침묵했다. 그러자 그 일은 이내 수그러들었다.

그 일을 겪으면서 참 귀한 것을 배웠다. 살다 보면 때로 억울한 일을 겪어도 참을 줄 알아야 한다는 것이다. 너무 억울해서 아무나 붙잡고 하소연하고 싶어도, '조금만 더, 조금만 더' 하며 묵묵히 참고 기다리면 언젠가는 그 모든 것들이 바람처럼 지나간다. 그리고 다시 평화가 찾아온다. 그러면 그때 비로소 거짓말처럼 진실이 밝혀진다. 아무리 외쳐도 들어줄 것 같지 않던 내 마음속 진실이 어느덧 사람들에게 받아들여져 있음을 깨닫는 것이다.

그래서 삶은 신기한 건지도 모르겠다. 그 신기한 일을 한 번쯤 겪어 보는 것도 인생에 있어 좋은 경험이 될 듯하다. 나는 '호스트바' 덕분에 그런 경험을 했다.

그새 그렇게 컸어?

• • • '미경'이란 이름은 할아버님께서 지어 주신 것이다.

내가 태어났을 때는 여자아이들에게 돌림자를 넣어 이름을 지어 주는 경우가 드물었는데, 할아버지께서는 우리 자매들에게 '경' 자를 돌림자로 넣어 정성스럽게 이름을 지어 주셨다. 게다가 1950년에 지은 이름으로는 상당히 세련된 이름이기도 했다. 물론 너무 여성스러운 것을 단점으로 여겼던 때도 있긴 했다. 사춘기 때 언니와 함께 '중성적'인 분위기의 이름이 훨씬 좋다며 그런 이름들을 나열해 놓고 부러워한 적이 있다.

어쨌든 사회에 나와 활동하면서 나는 종종 다른 미경이들과 마주

친다. 10년 이하의 후배들 중 같은 이름을 가진 친구들이 생겨나기 시작했던 것이다. 누군가는 내 이름이 70년대 중반 가장 흔한 이름 중 하나였다고도 했다.

하지만 나는 정치를 하면서 종종 이름 덕을 본다. 한국성폭력상담소장 이미경, 환경재단 기획조정실장 이미경, CJ엔터테인먼트 부회장 이미경 등 나와 다른 '이미경'들이 사회 각계에서 맹렬히 활동을 하고 있다. 그 덕에 사람들은 국회의원 이미경이 여전히 성폭력 상담을 하고 있고, 환경운동에도 열심이며, 영화산업에도 관심을 갖고 있다고 믿는다. 불로소득인 셈이다.

그러고 보면 '이미경'이라는 이름을 가진 사람들은 대부분 자의식이 강하고 활동적인 여성인 듯싶다. 그렇지 않다면 이름 자체가 흔하다는 이유 하나만으로 이렇게 사회적으로 확실히 이름을 알리고 살겠는가 말이다. 한 가지 궁금한 게 있다면 다른 '이미경'들도 국회의원 이미경 덕을 좀 보고 있느냐는 것이다.

김진표 재경부총리에게는 이런 일도 있었다. 그가 17대 총선에 출마하기 위해 사표를 내고 수원 팔달에 지역구를 신청했는데, 경쟁자가 마침 나와 이름이 같은 경기도청 여성국장 출신의 '이미경' 씨였다. 재경부총리를 지낸 사람과 도청 국장 출신 간의 대결이니 하나마나라고 생각했는데 여론조사를 했더니 의외로 '이미경'을 지지하는 사람이 많아서 깜짝 놀랐다고 했다. 아마 그 '이미경' 씨도 다른 이미경 덕을 좀 본 것이 아닐까.

우리 지역구에도 수많은 '미경'이가 있다. 수색동에 사는 구의원 김미경, 어린이도서관의 이미경, 은평시민신문의 부미경, 그리고 나와 친한 할머니들의 딸인 유미경과 오미경까지. 또 지역을 돌아다니다 보면 "내 딸도 미경이"라며 반가워하는 사람을 자주 만난다. 특히 김미경 구의원의 아버지는 나만 보면 "우리 미경이 잘 부탁한다"고 농을 던진다.

17대 총선을 두어 달 앞둔 어느 날 새벽, 수색동에서 산악회 가시는 분이 많다고 해 인사하러 간 김에 동네 한 바퀴를 돌아보려던 참이었다. 길가의 슈퍼마켓에 불이 켜져 있어 들어갔더니 어르신 몇 분이 막걸리를 드시고 계셨다. 항상 하듯이 명함을 주고 인사를 했더니 한 어르신이 위아래를 훑어보며 말씀하셨다.

"그새 그렇게 쪘어?"

내가 당황해서 "예?"라고 했더니 옆의 다른 어르신이 "이 영감이 술이 취했나? 김미경이 아니고 이미경이여"라고 하셨다. 나를 수색동 구의원 '김미경'으로 착각하신 것이다. 술도 한잔 하셨고, 새벽녘이라 어두웠기 때문에 그럴 만도 했다. 그러나 그날 이후 잠시 다이어트를 생각했던 것만은 사실이다.

"미경 씨" 하고 나와 같은 이름을 가진 사람을 부를 때는 왠지 기분이 이상해진다. 나이면서도 내가 아닌 그 사람. 그러나 나는 그 모든 미경이들에게 말하고 싶다. 나와 함께 이렇게 활동해 주어서 고맙다고. 그리고 앞으로는 더 많은 미경이들과 함께 일하고 싶다.

내겐 너무 무서운 007가방

••• 귀에 익은 음악 소리와 함께 정장을 입은 멋진 남자가 나와 총을 쏘는 장면이 인상적인 영화가 있다. 바로 '007 시리즈'다. 그 많은 시리즈 가운데 한 서너 편 보았는데, 내용은 잘 기억나지 않는다. 다만 딱딱하고 검은 007가방에서 컴퓨터며 여러 가지 최첨단 장비와 무시무시한 무기들을 꺼냈던 장면들은 생각이 난다.

그런데 어느 날 나는 최첨단 무기가 든 제임스 본드의 가방보다 더 무서운 007가방을 만났다.

노무현 대통령이 당선된 지 얼마 안 된 2003년 1월께로 기억된다. 모 대학 교수가 좀 만나자고 해서 "사무실로 오시지요" 했더니, "따

로 긴밀히 할 말이 있으니 식사나 하지요”라며 거듭 청했다. 그 교수
는 몇 번 사무실을 방문한 적이 있고 지역구 행사에도 가끔 참석해서
안면이 있던 분인데, 무작정 뿌리치는 것도 예의가 아닌 것 같아 “그
럽시다”라고 했다. 그러고는 왠지 느낌이 이상해서 보좌관과 함께 약
속 장소에 나갔다.

자리에 앉아 의례적으로 안부를 묻고 식사를 시키려는데, 그 교수
가 기도할 기회를 달라며 노 대통령과 나를 위해 기도해 주었다. 나 역
시 종교인이라 식사 전에 기도를 하는 것이 부자연스럽지 않았으나
그날은 좀 부담스럽고 껄끄러웠다.

식사를 하면서 이런저런 환담을 나누는데, 뭔가 할 말이 있으면서
도 본론은 꺼내지 않고 에둘러 다니는 눈치였다. 결국 한참 시간이 지
났을 때, 내 보좌관에게 “의원님과 긴밀히 할 이야기가 있으니 잠시
자리를 피해 주시면 좋겠다”고 하는 것이었다. 보좌관은 황당해하면
서도 “그러시라”며 자리를 피해 주었다.

보좌관이 자리에서 일어서자 그는 다짜고짜 “이미경 의원을 존경
한다. 총선에서 당선되도록 도와주겠다”면서 입에 침이 마르도록 호
감을 표시했다. 그러더니 “공기업의 임원 자리를 부탁한다”며 한쪽
구석에 있던 007가방을 꺼내 놓는 게 아닌가.

나는 그 순간 ‘아! 이 사람 큰일낼 사람이구나’ 싶어 “저 그런 사람

아닙니다"라고 한마디 하고는 바로 자리에서 일어났다.

사무실로 돌아오는데 가슴이 두근두근 뛰었다. 10년 가까이 정치를 하면서 그런 일은 처음 겪었기 때문이다. '나를 어떤 사람으로 보고 이러나' 싶어 자존심이 상하기도 하고, '지금이 어떤 세상인데 이런 식으로 로비를 하나' 하고 어이없기도 했다.

흔히 "정치인은 교도소 담장 위를 걷는다"고 말하는데, 그날 나는 원치 않게 교도소 담장 위를 걸었다. 그게 남의 일인 줄만 알고 지낸 나로서는, 내가 로비의 대상이 됐다는 것만으로도 가슴을 쓸어내렸고, 앞으로 매사 더 조심해야겠다는 마음이 들었다.

정치를 하면 수많은 사람을 만나게 되는데, 그후로 나는 지나치게 친절한 사람을 경계하게 되었다.

아주머니의 정체

••• 나와 남편은 천주교를 믿는다.

시어머니와 큰딸은 기독교를 믿는데, 종교는 자기 신념에 따른다는 합의된 약속이 있어서 우리 가족은 서로의 종교를 존중하며 자신의 종교를 믿는다.

어쨌든 부천에서 은평구로 이사오면서 우리는 수색성당을 다니게 됐다. 성당에 간 첫날 미사를 마치고 집에 왔는데 성당에서 만난 분이 찾아오셨다. 성당에서 남편과 만나 얘기를 했는데 잘 통해서 같은 레지오 단원으로 일하자고 찾아왔다는 것이었다.

초인종이 울려 나가 보니 "이창식 형제님 댁이죠? 계십니까?" 하셨다. "계십니다"라고 했더니 "아! 아주머니 되시는군요. 반갑습니다" 하셔서 인사를 나눴다. 그분을 남편과 만나게 해드리고 주방에 가서 과일을 깎아 내갔더니, "자매님도 같이 앉으시지요" 하셨다. 나는 잠시 앉아서 이런저런 안내 말씀을 듣다가 주방에서 하던 일이 있어 자리에서 일어났다.

그리고 2년이 지났다. 2004년 총선에 대비하느라 하루 종일 지역구를 돌아다니다 사무실에 왔더니 사무국장이 웃으면서 한 어르신이 '자원봉사'를 하겠다며 다녀가셨다고 했다. 사연인즉 그분은 수색성당의 구역 책임자인데, 최근에 와서야 자신이 맡은 구역에 국회의원이 있고, 그 국회의원이 자신이 아는 사람이란 사실을 알았다는 것이다. 그러고는 어떻게 국회의원이 '아주머니'라고 해도 가만히 웃기만 하고, 성당에 와서도 조용히 기도만 하다가 갈 수 있느냐며 신기해하셨다고 했다.

나는 국회의원이 권세 부릴 자리가 아니라고 생각하기 때문에 어디 가서 굳이 말하곤 하지 않는다. 성당에 다니면서도 별로 말할 필요를 못 느껴서 그런 것뿐인데 그분은 그게 인상적이었던 모양이다. 그 덕분에 나는 크게 점수를 따고 한 명의 소중한 자원봉사자까지 얻었다.

나중에 어르신을 만나 반갑게 인사를 드렸더니 "국회의원은 얼굴이 두꺼워야 한다. 여기저기 덥석덥석 악수도 잘해야 하고, 몰라도 아는 척해야 하며, 적당히 허세도 부릴 줄 알아야 한다"고 하시며 "그런데 이 의원은 꼭 그렇게 안 해도 되겠더라. 소신껏 하면 나처럼 반응이 느린 사람도 언젠가는 알아주지 않느냐"고 하셨다.

그렇다. 나는 시간이 걸리고 사람들이 몰라도 요란한 방법으로 내 진심을 드러내 보이고 싶진 않다. 진심은 언젠가 통하는 법이라 믿고, 내 할 일에 열중하는 게 더 좋다. 그러다가 반응이 느리고 정치에 관심이 덜한 사람들도 결국 나를 지지하게 될 때, 그것이야말로 무엇과도 바꿀 수 없는 값진 지지라고 생각한다.

나의 춤바람

… 나는 노는 것보다 일하는 게
더 재미있는 사람이라 노래하고 춤추는 것에 능하지 않다. 그동안 노
래는 기껏해야 노사연의 〈만남〉이나 흥얼거리는 정도이고, 춤은 시
민단체 시절 모임 뒤풀이 때 남들이 추는 춤을 겨우 따라 하는 정도였
다. 그런데 지역구를 맡으면서 동네 분들의 술자리에 참석하거나 산
악회에 가는 일이 많아지자 은연중에 가무가 늘었다.

우리나라 사람들은 춤추는 것을 참 좋아한다. 조금만 흥이 오르면
앉은 자리에서도 노래를 부르고 어깨를 들썩인다. 하긴 춤이란 원시
시대부터 내려온 '신과의 소통 도구'이자 자기표현 수단의 일종이니,

인간의 본능이나 마찬가지다. 특히 흥이 많은 우리 민족이야 더 말해서 무엇하랴. 동네 분들과 많은 시간을 함께하면서 나는 그 흥이 내게도 있음을 발견했다. 아주머니들을 따라 관광버스를 탈 때는 더욱 그랬다.

우리 동네에는 유난히 산악회가 많다. 바로 뒤에 북한산이 있는데도 산악회 분들은 관광버스를 대절해서 멀리도 간다. 처음에는 가까이 산을 두고 왜 멀리 가는지 이해가 되지 않다가 나중에야 알게 됐다. 바로 그 '관광버스 춤' 때문이다.

산악회를 가는 분들은 대부분이 50대 중반 이상의 아주머니들인데, 남편과 자식을 뒷바라지하느라 받은 스트레스를 풀 기회조차 없다가 한 달에 한 번 '관광버스 춤'으로 스트레스를 푸는 것이다. 그 좁은 버스 안에서 빠른 트로트 음악에 맞춰 이리저리 몸을 흔들고 나면 땀이 비 오듯 쏟아지는데, 지치지도 않고 버스 기사가 멈추라고 할 때까지 춤들을 춘다.

처음 그 광경을 봤을 때는 무엇보다 안전이 걱정되었다. 하지만 아주머니들이 자꾸만 같이 추자며 끌어당겨서 어쩔 수 없이 쭈뼛거리다 돌아와 앉곤 했는데, 그러고 나면 서로 친구가 된 것처럼 스스럼없어져서 기분이 좋았다.

그런데 요즘은 그 관광버스에 탄 지 꽤 오래됐다. 내가 다니던 그

산악회는 과거 야당 때부터 이어져 오던 일종의 동호회였는데, 17대 총선을 앞두고 정치개혁의 일환으로 지구당을 폐지하면서 산악회도 해산되고 말았기 때문이다. 또한 요즘은 안전상의 문제를 들어 강력하게 단속을 하고 계몽도 하기 때문에 많이 없어졌다고 한다.

그래서 그것이 아쉬웠을까? 나는 엉뚱한 곳에서 춤바람 사건에 연루(?)됐다. 이른바 '개성공단 춤바람 사건'이다.

2006년 12월 북한 핵실험 사태의 여진이 가라앉지 않은 가운데 나는 당 지도부와 함께 개성공업지구관리위원회 창립 2주년 기념식에 참석하기 위해 개성공단을 방문했다. 기념식에서 김근태 의장은 "북한은 한반도 비핵화 약속을 지켜야 하며, 2차 핵실험은 절대 안 된다"고 목소리를 높였는데, 북측이 그에 항의하면서 분위기가 썩 좋지 않아졌다.

기념식이 끝나고 동봉관이라는 식당에서 밥을 먹는데, 관례상 베풀어 주는 10분 정도의 축하연이 있었다. 그때 북측 봉사원이 몇몇 의원들을 연거푸 무대 앞으로 끌어당겼다. 딸 같은 아이의 청을 거절하는 게 미안했던 김근태 의장과 나, 그리고 원혜영 의원은 잠시 나가서 분위기를 맞춰 주고 자리에 돌아와 앉았다. 그게 전부다.

그런데 그날 저녁 서울로 돌아왔더니 핵실험 와중에 춤판을 벌였다며 난리가 났다. '김정일의 꼭두각시'라느니 '북한 핵실험이 그렇게 좋더냐'느니, 기막힌 비난이 이어졌다.

그런 비난들은 저절로 수그러질 때까지 기다리는 게 약이라 시간
이 가길 기다리는데, 예전 동네 아주머니들이 관광버스에서 추던 춤
이 자꾸만 생각났다. 바라만 봐도 흥겹던 분위기가 새삼 그리웠다. 그
분들을 개성으로 모시고 가 북한 사람들과 함께 춤추게 해드리면 얼
마나 좋을까. 북한에서 춤을 춰도 비난받지 않을 세상이 빨리 오면 좋
겠다.

그나저나 그분들은 지금 어디서 흥을 돋우고 계실까? 문득 그게
궁금하다.

은평구와 악수하다

힘들지만 탁발승이라는 스님들이 있었다. 집집마다 돌아다니면서 목
탁을 두드려 밥 한 술, 쌀 한 줌을 얻는데, 짓궂은 아이들에게는 거지
라며 놀림을 받았고 야박한 사람들에게는 문전박대의 괄시도 당했다.
일종의 고행인 셈이었는데, 그래서 오래 수도한 고승들도 간혹 일부
러 탁발을 하곤 했다. 그게 바로 중생을 가장 가까이에서 만나고, 구하
고, 또 스스로 구함을 받기 위한 방법이었기 때문이다.

　나는 요즘 들어 지역구 국회의원이 그 탁발승과 같다는 생각을 한
다. 의정 활동만 잘해서 되는 게 아니라 유권자들 속으로 들어가 좋은

일, 궂은일을 자처해야 하기 때문이다. 특히 선거운동을 하다 보면 일일이 한 사람씩 만나면서 나를 지지해 달라고 호소해야 하는 게 정말 탁발승의 모습과 닮은 듯하다.

탁발승이 그 행위를 통해 많은 깨달음을 얻듯이 나도 그렇다. 사람들을 만나고, 눈을 맞추고, 얘기를 나누고, 악수를 하는 과정에서 나는 몸으로 참 많은 것을 느낀다. 특히 악수를 하면서 가슴이 뭉클해지고 코끝이 시큰해진다.

사람의 손은 얼마나 많은 것을 말하는지 모른다. 그가 어떤 삶을 살아왔는지 한순간에 보여 주는 것도 그 손이고, 나를 어떻게 생각하고 있는지 느끼게 해주는 것도 그 손이다. 특히 손가락이 한두 개 없는 손을 잡을 때, 나는 그의 험난한 삶이 가슴으로 밀려들어와 감정이 격해지곤 한다. 더 잘해야겠다는 다짐이 저절로 생긴다. 내가 지역구 국회의원이 아니었다면 이 많은 손들을 몰랐을 것이다. 그것을 생각하면 힘들어도 지역구 하기를 얼마나 잘했는지 모른다.

2004년 은평 갑구 국회의원으로 당선돼 일을 시작한 지 벌써 4년이다. 자연의 향기와 사람들의 순박함이 살아 있어 나는 이곳이 참 좋다. 얼마 전에는 근처 초등학교 동창회에서 김장을 한다기에 갔더니, 마치 시골에서처럼 가까운 동창들이 한데 모여서 김장김치를 담고 있었다. 서울에서는 절대 찾아볼 수 없는 진풍경이었다. 이곳은 그렇게 공동체가 남아 있고 인심이 살아 있다.

하지만 그런 만큼 낙후된 부분이 적지 않아 할 일이 많은 곳이기도 하다. 나는 여러 공약을 내걸고 거의 100퍼센트 가깝게 약속을 지켰다. 그 결과 충북 오송으로 이전하는 국립보건원 부지에는 도서관·극장·전시실을 비롯해 다양한 문화 활동과 교육이 가능한 어린이 전용문화센터가 지어질 예정이다.

수색과 상암을 연결하는 오버브리지를 공약했었는데, 현재 철도공사와 건교부를 중심으로 철도 역세권 개발이 이뤄지고 있고 그 대상에 수색역이 확정돼 있다. 좀더 편리한 교통을 위해 경전철이 도입될 것이며, 학교마다 급식시설과 정보도서관을 완비했다. 지역 주민과 한마음으로 노력을 기울여서 숙원 사업이던 은평세무서를 확정지었다.

물론 앞으로도 해야 할 일은 많다. 현재 주민들의 많은 관심을 받고 있는 수색·증산·응암 지역의 뉴타운과 재개발 진행에 애써야 한다. 특히 이곳은 군사시설과 가까워 많은 지역이 고도제한에 묶여 있다. 그러나 고도제한을 완화하면 건물의 용적률을 높일 수 있기 때문에 그동안 잘 보존돼 있는 녹지를 최대한 살리면서도 개발이 가능하다. 그렇게 되면 은평구는 환경과 첨단이 어우러진, 어쩌면 서울에서 가장 아름다운 지역이 될 것이다.

또한 수색역을 중심으로 대규모 역세권 개발이 이뤄지고 있는데,

현재 1단계 사업이 진행 중이다. 2·3단계 사업을 착실히 진행하면, 경의선과 공항철도가 만나는 교통의 요충지가 될 것이다.

그런데 그것들을 이루기 위해 꼭 한 가지 선결되어야 할 것이 있다. 바로 교통이다. 은평구를 거치는 몇 개의 경전철 노선을 확보했지만, 현재 교통량이 크게 늘어 주민들이 불편을 겪고 있고, 앞으로 예상되는 상황은 더욱 심각하다. 일산과 파주, 거기에다 앞으로 생겨날 신도시의 교통까지 소화하려면 좀 더 적극적인 교통정책이 필요하다. 학교 시설의 부족과 낙후를 보완해 가는 문제도 지속적인 관심을 가져야 할 일이다.

은평구는 보석 같은 지역이다. 낙후돼 있었던 만큼 자연이 살아 있기 때문이다. 이곳이 낙후돼 있지 않고 일찌감치 개발의 물살을 탔더라면 지금과 같은 자연환경을 기대하기 어려웠을 것이다. 하지만 관심 밖으로 밀려나 있는 동안 너무나 소중한 자연을 품에 안을 기회를 얻었다. 그것이 은평구의 장점이다. 이 장점을 그대로 살려 개발한다면 은평구는 틀림없이 서울 서북부 지역의 요지가 될 것이다.

성경에 "나중 된 자가 먼저 된다"는 말이 있다. 일렬로 서서 걷다가 뒤로 돌면 꼴찌가 맨 처음이 되는 것처럼, 은평구는 가장 낙후돼 있었지만 어느 날 눈을 크게 뜨고 보니 가장 가능성이 많은 지역이 됐다. 어느 순간 일등이 되는 짜릿한 기쁨. 은평구의 모든 주민이 그 기쁨을 누릴 날이 빨리 왔으면 좋겠다.

걸어 보고 싶은 길

"내가 너희에게 평화를 주노니 내 평화를 전하라."
그 말처럼 나는 마음의 평화를 얻고 싶고, 또 전하고도
싶다. 정치인으로 일할 수 있다는 것에 감사하고, 그래
서 정치인이기 때문에 겪게 되는 모든 일들을 기꺼이
감내하며, 분노하지 않고 이해하고 싶다.

고통을 이기면 두 배의 힘이 된다

··· 어느 기자에게 "언제 가장 괴로웠느냐"는 질문을 받은 적이 있다. 생각해 보니 둔감한 나에게도 힘들고 괴로운 시기가 있었던 게 기억났다.

나는 1983년 친구들과 함께 '여성평우회'를 만들었다. 그때까지의 여성단체들과 결별하고 새로운 여성운동을 시작해 보기로 뜻을 모은 것이다. 주변에서도 새로운 여성운동의 모델이라며 많은 관심을 보여 주었다.

그런데 3년쯤 지나자 내부에서 새로운 목소리가 터져 나오기 시작했다. 여성운동뿐 아니라 통일운동, 반독재 투쟁 등을 좀 더 치열하게 해야 하지 않겠냐는 게 후배들의 주장이었다. 뿐만 아니라 후배들은 그동안 여성운동에 주력하던 선배들을 개량적이라고 비판했다. 지금으로 말하면 타협적이라고나 할까? 아무튼 당시 우리 사회는 군부독재의 탄압 아래 있었고, 그래서 운동권에서는 운동으로 변혁을 꿈꾸는 사람들이 많았다.

하지만 '여성평우회'에서는 비교적 합법적으로 많은 것을 해결하려 했는데, 그것이 충돌한 것이었다. 나를 비롯한 회장단은 6개월 동안 그 문제로 고민하며 해결책을 모색했지만, 결국 그들에게 주도권을 넘겨줄 수밖에 없었다.

마치 출산의 고통을 겪듯 하며 만든 그 단체를 뒤로하고 거리로 나온 날, 우리 회장단은 마시지도 못하는 술을 얼마나 먹었는지 모른다. 위경련을 일으키는 친구가 있었을 정도로 모두 처절하게 괴로워했다. 현실과 타협한다는 비판도 받아들이기 어려웠고, 어렵게 일군 조직을 빼앗긴 허탈감도 심한 데다 후배들에 대한 인간적 배신감까지 겹쳐 도저히 다시 일어설 수 있을 것 같지 않았다. 늘 당당하게 살려고 하던 내가 어느 날은 어깨를 움츠린 채 걷고 있었고, 우연히 평우회 사무실 앞을 지날 때면 가슴이 서늘해지곤 했다. 그것은 30대 초반에 만난 일생일대의 위기였다.

나중에 생각해 보면 그때의 일은 하나의 단체로 너무 많은 요구를 수용하려다 벌어진 일이었다. 목적도 다르고 방법도 다른 운동들을 하나의 단체에서 소화하려고 했으니 벅찰 수밖에 없었다. 결과적으로 그 생각은 여성단체연합을 만드는 토대가 됐다. 우리는 당시 활동하던 21개의 여성단체를 모아 1987년 '여성단체연합'을 만들었다. 각기 다른 입장과 목표를 가지고 활동하던 여러 여성단체가 한 군데로 묶였다. 그렇게 함으로써 한 단체에서 여러 운동을 모두 소화해야 하는 부담감을 덜었고, 필요에 따라서는 대규모로 연대할 수 있는 효율적인 조직이 탄생했다.

그 뒤로 여성단체연합은 수많은 일을 해오며 명실상부한 여성단체의 대명사가 됐다. 아마도 그때 우리가 그 고통스러운 시간을 잘 보내지 못했다면 '여연'은 태어나지 못했을 것이다. 스스로 생각해도 기특할 만큼 위기를 기회 삼아 새로운 여성운동의 장을 열 수 있었다.

그리고 개인적으로는 좀 더 강해지는 계기가 됐다. 훗날 정치를 하게 되고, 그 안에서 숱하게 많은 일을 겪으면서도 휘청거리지 않은 것은 그때의 경험 때문인지 모른다. 그런 일도 이겨냈는데 무엇이 두렵겠느냐는 자신감이 그 뒤로 어려울 때마다 나를 지탱해 주었다.

이렇듯 시련이란 나쁜 것만은 아니다. 시련을 잘 겪고 나면 그것이 없던 것보다 훨씬 강해진다. 시련은 그저 일종의 도전으로, 인생을 살아가면서 언제 어디서나 부딪칠 수 있는 문제의 한 종류다. 그렇기 때문에 좌절하지 않고 긍정적으로 받아들이면 훨씬 나은 미래가 우리를 기다린다. 나뿐 아니라 모든 사람에게 그렇다.

그래서 나는 시련을 겪는 사람들에게 말해 주고 싶다. 그것은 당신이 강해질 수 있는 기회가 될 것이라고. 그러니까 기쁘게 받아들이라고 말이다.

남북 여성 교류의 물꼬를 트다

··· 1992년 9월 1일.

우리는 판문점의 군사분계선을 넘고 있었다. 내가 탄 버스 안에는 이우정 민주당 의원, 이효재 전 한국여성단체연합 회장, 윤정옥 한국정신대문제대책협의회 공동대표, 한명숙 여성민우회 회장 등이 함께 있었다. 9월 6일까지 5박6일 동안 열리는 '아시아의 평화와 여성의 역할' 토론회에 참가하는 남쪽 대표단 30명이었다.

한국·북한·일본의 여성 대표가 참가하는 그 토론회에서는 '일본군 위안부 문제'를 비롯해서 '민족대단결과 여성의 역할', '일본의 침략과 지배에 대한 보상' 등의 주제가 다뤄질 것이었다.

누구도 침범하지 못할 것 같던 군사분계선을 마치 동네 어귀에 들어서듯 스르륵 넘어서던 그 순간, 나는 내가 중요한 역사의 현장에 있다는 사실에 감격했다. 그리고 남북 역사의 새로운 장이 열리는 것에 전율이 흐르도록 흐뭇했다.

남북 교류가 전무하다시피 했던 이전과 달리 1990년대 들어와서는 여러 측면으로 남북 민간 교류가 시도되고 있었다. 하지만 대부분의 시도는 정부에 의해 거부당했다. 나는 다른 단체들과 차별화된 방법을 찾다가 국제회의 성격을 띠면 어떨까 하는 데까지 생각이 이르렀다. 한국과 북한뿐 아니라 일본까지 포함해 아시아 3국의 여성 교류를 추진하면 가능할 것 같았다. 마침 일본 사회당의 도이 다카코 당수를 알고 있던 이우정 선생님이 의사를 타진했더니 흔쾌히 동의해 왔다. 그렇게 해서 한국·북한·일본 여성들의 첫 민간 교류가 시작됐다.

첫 준비 단계로 이우정·이효재·윤정옥 선생님이 도쿄로 가셨다. 북한의 여연구 최고인민회의 부의장을 만나기 위해서였다. 그는 몽양 여운형 선생의 딸이기도 했는데, 김일성 주석의 양녀라 할 만큼 영향력 있는 인물이었다. 그분의 협조로 우리는 1991년 11월 ‘1차 아시아 평화와 여성의 역할’ 토론회를 서울에서 열 수 있게 됐다.

북측 대표들이 처음 서울에 도착한 날이 기억에 생생하다. 위아래 벨벳 한복으로 멋을 낸 그들이 차에서 내리자, 시민운동으로 찌들다시피 한 우리 대표들은 왠지 초라해 보였던 것이 기억난다.

1차 회의는 대체로 무난하게 진행됐으나, 한 차례 불협화음이 있기도 했다. 숙소 밖에 걸린 반공단체의 플래카드를 본 북측 대표들이 신변의 위협을 느낀다며 일정보다 하루 먼저 돌아가겠다고 통보해 왔기 때문이다. 우리 대표들은 그날 저녁, 아니 새벽까지 목소리를 높여 가며 그들을 설득했다. 대한민국에서 통일운동 하기가 얼마나 힘들었는데, 너무나 힘들게 첫발을 뗀 남북 민간 교류를 무의미한 것으로 만들 수는 없다고 주장했다. 우리측 대표의 열정적인 설득에 일본 대표들이 더 감동했던 기억이 난다.

1차 회의에서는 그렇게 삐걱거리기도 했으나 다음해 평양 회의에서는 대체로 모든 것이 원만했다. 특히 김일성 주석을 만난 것이 인상적이었다. 그 만남은 원래 계획에 없었지만 여연구 부의장을 통해 갑자기 연락이 왔던 것이다. 집행위원장을 맡은 나는 이우정·윤정옥·이효재·여연구 선생 등과 함께 김 주석의 테이블에 앉게 됐다. 긴장되지는 않았으나 한국 현대사에서 굉장히 중요한 인물을 가까이서 보고 있다는 사실에 기분이 묘했다. 분단으로 잃어버린 나머지 반쪽의 역사가 생생하게 다가오는 순간이었다.

김 주석은 아는 사람들에게 가족의 안부를 묻는 등 자상한 면모를 보였다. 당당하지만 자상한 할아버지의 모습이었다고나 할까. 그 덕분에 분위기가 부드러워지고 이런저런 대화를 나눌 수 있었던 것으로 기억한다. 그러다가 윤정옥 선생님이 한 가지 건의를 했다. 금강산에 케이블카를 놓는 계획에 대해 "자연을 너무 훼손하는 것 같다"고 한 것이다. 나중에 일본측으로부터 들었는데 김 주석은 케이블카 계획을 취소했다고 한다. 정작 함께 있었던 북한 여성들은 "주석님 앞에서 감히 반대 의견을 말하다니 어쩜 그렇게 무례하냐"며 윤 선생님을 공격했는데, 정작 김 주석은 그 의견을 받아들였던 것이다.

또한 김 주석은 다음에 오면 묘향산을 구경시켜 주겠다고 했는데, 얼마 뒤 세상을 떠났다.

1년 뒤, 도쿄에서 '아시아의 평화와 여성의 역할' 3차 토론회가 열렸다. 처음 계획했던 대로 3국을 돌아 가며 회의가 이뤄진 것이다. 그리고 그 성과를 바탕으로 1997년 '평화를 만드는 여성회'가 설립되고, 지금까지도 남북 민간 교류를 위해 애쓰고 있다. 그러고 보면 벌써 15년. 세월이 참 빠르다.

기네스북에 오를 수요시위

··· 2007년 7월 31일, 미국 하원이
일본군 위안부 결의안을 만장일치로 통과시켰다. 나는 일본군 성노예
피해자 할머니들이 모여 계시는 일본대사관 앞으로 달려가는 중이었
다. 차 안에서 한강을 바라보는데 지나온 세월들이 주마등처럼 스쳐
갔다.

　내가 처음 일본군 성노예 문제에 관심을 갖게 된 것은 1970년대부
터 이어진 일본인들의 관광 행태가 80년대 들어 '기생 관광' 사건으
로 표출된 뒤부터였다. 언론이 '신(新)정신대' 운운하자 사회적 파장
이 매우 컸다. 그러나 관련 자료가 없어 안타까운 마음으로 지켜보고

만 있었는데 의외로 뜻밖의 곳에서 관련 자료들이 쏟아져 나왔다. 영문과 은사이신 윤정옥 교수님이 일본군 성노예 문제를 개인적으로 연구하고 계셨던 것이다.

윤 교수님은 일제강점기에 대학을 다니셨는데, 같은 또래의 여자들이 정신대로 많이 끌려갔고, 본인도 끌려갈까 두려워 휴학하고 숨어 지낸 적이 있다고 하셨다. 이후 '빚진 마음'으로 10년 가까이 사비를 털어 일본과 남태평양 군도 등지를 찾아다녔다고 하셨다.

내가 해온 여성운동 가운데 가장 소중하게 여기는 것이 바로 이 일본군 성노예 문제 대책 활동이다. 이것이야말로 진보적 여성운동이 이루어낸 가장 의미 깊고 성공적인 운동이라고 생각한다. 20만 명에 가까운 어리고 힘없는 여성들이 고통받은 역사에 대해서 그 진상을 파악하기는커녕 위로조차 해줄 수 없었다. 너무나 속이 상했다.

그러다 1990년 11월 '한국정신대문제대책협의회'가 만들어졌다. 우리는 본격적인 활동을 시작하며 정신대 피해자 접수를 시작했지만 쉽지 않았다. 수치심 탓에 피해 할머니들이 나서기를 주저했기 때문이다. 사실 여성으로서 어느 누가 그런 일을 당했음을 알리고 싶겠는가.

그런데 1991년 8월 광복절을 며칠 앞둔 어느 날, 볼일이 있어 밖에 나갔다 왔더니 방금 피해자 할머니가 다녀가셨다고 했다. 황급히 뛰어나갔더니 할머니 한 분이 덕수궁 길을 걷고 계셨다. 그분이 바로 김

학순 할머니시다. 나는 조심스럽게 할머니께 여쭸다. 힘드시겠지만 얼굴을 알리고 기자회견을 하실 수 있겠느냐고. 할머니는 고개를 끄덕이셨다.

그렇게 해서 역사적인 기자회견이 열렸다. 수많은 시선이 주목하고 있었지만 할머니는 또박또박 말씀하셨다.

"중일전쟁이 치열하던 1940년 봄, 중국 중부 지방 철벽진이라는 곳으로 16세라는 어린 나이에 끌려갔다. 중국인이 전쟁 때문에 버리고 간 민가를 위안소로 꾸며 놓은 곳이었고, 이미 17세에서 21세 사이의 한국 여성 3명이 있었다. 나는 '아이코'라는 이름을 받고 3개월 동안 그 속에 갇혀 있다가 한국인 상인의 도움으로 탈출했다."

그러고는 "내가 이렇게 시퍼렇게 살아 있는데 정신대가 없다는 게 말이 되냐"며 일본 정부를 향해 목소리를 높이셨다.

언제나 최초라는 것은 많은 용기를 필요로 한다. 그러나 그만큼 파장도 크다. 김학순 할머니의 용기로 정신대(일본군 성노예) 문제는 활기를 띠기 시작했다. 그동안 숨죽인 채 사시던 할머니들이 한 분 한 분씩 등록하기 시작했고, 연구자들이 할머니들의 증언을 채록해 책으로 만들어 냈다. 사회적인 관심도 점점 커졌다.

그러나 활동 초기에는 사회 내부의 곱지 않은 편견도 상당했다. "정조를 잃은 것이 부끄럽지도 않느냐", "왜 동네방네 떠들고 다니면서 국가 위신을 깎아 먹느냐", "배상받으려고 꾸며낸 이야기다" 등. 지금 생각하면 얼토당토 않은 이야기들이 우리를 힘들게 했다. 하지만 냉대와 편견 속에서 평생을 죄인처럼 살아오신 할머니들은 '정대협'이라는 단체를 통해 자신과 똑같은 수많은 할머니들을 만나면서 용기를 얻어 "우리가 왜 죄인이냐! 죄인은 만행을 저지른 일본이다"라는 점을 당당히 밝히셨다.

할머니들이 살아오신 세월은 그야말로 인고의 세월이었다. 우리가 처음 할머니들을 만났을 때 많은 분들이 제대로 된 생활을 하지 못하고 계셨다. 그래서 할머니들을 돕기 위해 모금운동에 나섰다. 당시로서는 꽤 큰돈인 2억 원이 모아졌는데, 이는 온 국민이 할머니들을 바라보는 따뜻한 시선에서 비롯된 것이었다.

이후에는 '일본군 위안부 생활지원법'을 만들어 정부가 생활비를 지원하게 하고 임대주택 우선권, 의료 지원 등도 가능하게 했다. 하지만 그것보다는 할머니들의 마음에 진 응어리를 풀어 드리는 것, 그것이야말로 진정 할머니들을 위하는 일이라고 생각한다.

1992년 1월 일본 총리가 방한했을 때, 할머니들과 '정대협'은 방한 반대 시위를 했다. 그것이 정대협의 일본대사관 앞 수요시위의 시초가 된다.

수요시위는 단일 이슈로 15년이 넘어 기네스북에도 거론될 만큼 오래된 것이다. 2007년 12월 5일 현재 790회의 기록을 세우고 있다. 사실 처음에는 그렇게 오래갈 것이라고 생각지 못했다. 첫 시위를 하고 나서 매주 수요일 몇 차례 더 시위를 했는데 솔직히 언제까지 할 수 있을지 자신이 없었다.

그러던 어느 날 교회 단상의 꽃꽂이를 보고 아이디어를 얻었다. 교회의 꽃꽂이는 특정한 사람이 담당하는 것이 아니라 연초에 누가 언제 헌화할 것인지 예약을 받는다. 수요시위도 그렇게 하면 되겠구나 싶었다. 당장 여러 단체에 '1년에 한두 번만 협조해 달라'는 내용의 공문을 띄웠다. 모두들 흔쾌히 부탁을 들어 주었고, 이후 15년 동안 매주 수요일 일본대사관 앞에서는 피해자 할머니와 시민단체의 시위가 열렸다.

하지만 나는 이 시위가 빨리 끝났으면 좋겠다. 하루빨리 할머니들이 정당한 사과와 배상을 받고 마음의 응어리를 푸셨으면 좋겠다. 할머니들은 "일본 정부는 내가 죽을 날만 기다리고 있을지도 모른다" 면서 건강을 위해 많은 노력을 하시고 정말 열심히 사신다. 그럼에도 매년 건강이 나빠져 한두 분씩 돌아가신다. 세월은 그 누구도, 그 무엇도 기다려 주지 않는다. 할머니들이 생존해 계실 때 빨리 이 문제가 해결되어야 한다. 그리고 솔직히 잘못을 인정한 일본에 진심 어린 격려의 박수도 보낼 수 있기를 바라 마지않는다.

박물관의 꿈

··· 한 나라의 문화 수준을 알려면

그 나라의 박물관을 보라고 했다. 박물관은 인류의 과거를 알 수 있는 장인 동시에 미래를 예측하는 통로이기 때문이다. 또한 한 나라를 대표하는 박물관에는 그 나라의 역사와 민족이 고스란히 담겨 있다.

세계 각국은 박물관을 보물처럼 여기고 또 자랑한다. 그런 박물관들로는 뉴욕의 메트로폴리탄 박물관, 런던의 대영박물관, 파리의 루브르 박물관이 있다. 그리고 우리에게는 국립중앙박물관이 있다.

2005년 10월 용산으로 신축 이전해 문을 연 국립중앙박물관은 완성될 때까지 우여곡절이 참 많았다. 당시 내가 16대 국회에서 문화관광위원회 위원으로 일하고 있을 때였고, 특별한 애정을 쏟았기 때문에 너무나 잘 안다.

국립중앙박물관은 그전에 여러 장소를 돌아다니다가 1986년부터는 옛 조선총독부 건물이던 중앙청 건물을 개·보수해 자리를 잡고 있었다. 그러나 문민정부가 들어서면서 일제강점기의 상징인 건물에 국가를 상징하는 국립중앙박물관이 있는 것을 두고 논란이 커졌다. 이에 1995년 정부는 조선총독부 건물을 철거하기로 결정했고, 국립중앙박물관은 새 둥지를 마련해야 했다.

출발부터 국립중앙박물관을 재정비해야 한다는 반성에서 나온 게 아니라 조선총독부 건물을 철거하겠다는 정치적 계획과 맞물려 이전 준비를 해야 했으니 자연히 문제가 많았다.

박물관 건립은 초스피드로 추진됐다. 외국에서는 보통 2~3년 걸린다는 건립 계획이 10개월 만에 결정됐고, 5~6년은 족히 걸린다는 전시 설계는 2년 만에 완료됐다. 설계도면도 확정되지 않은 상태에서 시공에 들어가는 바람에 계속해서 설계가 변경됐고, 그러다 보니 공사가 늦어져 추가 비용이 발생했다. 설계·시공·전시·소화·방재 등 전반적으로 문제가 없는 곳이 없었다. 전기 박스에 물이 차고, 콘크리트 벽이 하얗게 변하는 백화 현상까지 나타나는 등 공사 현장을 둘러본 사람들은 누구라도 혀를 찼다.

그런데도 정부는 당시 세계에서 여섯 번째로 큰 박물관을 만든다며 대대적인 홍보를 하고 있었다.

가만히 있을 수가 없었다. 이대로 가다가는 졸속으로 박물관이 지어져 예산을 낭비하는 것은 물론이고, 돈으로 환산할 수 없는 문화재도 손실을 입을 것이 뻔했다. 나는 2000년 12월 상임위에 '국립중앙박물관 건립지원 소위원회'를 만들어 줄 것을 요청했다. 소위원회를 만드는 것은 당시 흔치 않은 일이었다. 하지만 그로 인해 가장 능동적인 상임위 활동의 예를 만들었다고 생각한다.

그렇게 만들어진 소위원회는 상당한 분량의 보고서를 만들고 18개 항의 권고안을 채택해 이 사업을 전면 재검토하라고 제안했다. 그 안에는 박물관 현황에 대한 문제점과 대책, 주변 도시계획, 시설계획, 전시계획, 운영관리계획 등이 담겨 있었다. 그것을 통해 보고서 내용을 차례로 보완하는 작업이 이뤄졌고 나중에는 개관까지 2년 연기하며 내실을 기했다. 개관을 연기하는 문제를 두고 처음에는 관련 공무원이 징계받지나 않을지, 대통령 임기 내에 개관하려는 계획이 어긋나지는 않을까, 두루두루 정부측에서 불편해했다.

하지만 2년의 시간과 그만큼 늘어난 예산으로 문제점을 개선·보완하자, 다들 이미경 위원 덕분이라고 감사해했다.

그리하여 2005년 10월, 이전이 결정된 지 꼭 10년 만에 대한민국을 대표할 박물관이 세워졌다. 물론 좀 더 오랜 시간 노력을 기울여 만들었다면 우리는 훨씬 훌륭한 박물관을 가질 수 있었을 것이다. 그러나 많은 사람들이 그곳에 왔다 만족하며 돌아가는 것을 볼 때, 그 정도면 노력한 보람이 있다고 생각한다.

요즘 박물관은 그저 예전의 유물을 전시하고 보존하는 '과거의 공간'이 아니라 사람들이 찾아와 함께 느끼고 즐기는 '현재의 공간'으로 탈바꿈하고 있다. 이렇듯 과거가 현재와 어울리는 것은 참으로 바람직한 일이다. 역사 속에서 우리의 위치를 확인하는 일은 앞으로의 발전을 도모하기 위한 기초이기 때문이다. 과거를 돌아보지 않은 채 미래를 설계하다가는 과거의 잘못된 역사를 되풀이할 수 있기 때문이다. 우리에게 이런 의미를 주기 위해서 수만 년, 수천 년 전의 유물이 아직도 살아 숨쉬고 있는 것이다.

시간이 되면 국립중앙박물관을 천천히 돌아보고 싶다. 가능한 한 천천히, 그리고 조용히 그곳을 돌아보며 역사가 내게 하는 소리를 듣고 싶다. 이 역사를 위해 내가 무엇을 해야 하는지 깊이 생각해 보고 싶다.

나라를 위한 보육

··· 1990년 3월, 참으로 끔찍한 일이 일어났다. 다섯 살배기 혜영이와 네 살 난 용철이 남매가 단칸 지하 셋방에서 숨을 거둔 것이다. 일을 하러 가는 엄마가 밖에서 문을 잠갔는데, 심심해하던 아이들이 불장난을 하다가 벌어진 일이었다. 1990년 21세기를 바라보며 선진 사회를 꿈꾸자던 그 시절, 보육의 현장은 한없이 열악했다.

우리나라는 그렇게 아이를 낳고 기르는 게 힘든 나라였다. 출산과 육아는 오로지 여성의 몫이었고, 결혼이나 임신·출산으로 퇴사를 종용당하는 일이 허다했다. 어찌어찌해 아이를 낳고 직장을 다니더라도 마음놓고 맡길 데가 없어서 하루 종일 불안한 것이 당시의 보육 현실이었다. 오후 7시에 일을 마치는 엄마가 오후 5시에 마치는 보육원에 아이를 맡길 수 없는 것은 너무나 자명한 이치였다. 게다가 보육비 또한 무시할 수 없어 저소득층 엄마들은 아이들을 집에 가두는 방법을 선택할 수밖에 없었다. 물론 그런 아이들을 돌보고자 '지역사회탁아소연합'이 운영되고 있었지만, 미처 구석구석까지 손이 미치지 않고 있던 차에 그런 끔찍한 일이 터진 것이었다.

여성단체에서 일하고 있던 나는 '지역사회탁아소연합'과 함께 아이들의 부모를 만나고 장례를 같이 치르면서 보육에 대한 정부의 관심을 촉구해야겠다고 이를 악물었다.

보육을 위해서는 제대로 된 모성보호법이 필요했다. 내가 국회의원이 되고 나서인 2001년 4월 환경노동위원회에 모성보호법 개정안이 올라왔다. ILO(국제노동기구) 기준에 맞춰 출산 휴가를 60일에서 90일로 확대하고, 육아 휴직을 유급으로 전환하자는 등의 내용이었다. 하지만 육아 휴직을 유급으로 전환하면 예산 지출이 많아지고 중소기업들이 어려워진다며 경제단체들이 공개적으로 반대하고 나선데다, 한나라당과 자민련 의원들이 동조하면서 법안 통과가 어려워 보였다.

나와 동료 여성 의원들은 그 법안을 통과시키기 위해 많은 애를 썼다. 한명숙 의원을 비롯한 여러 의원들이 함께 발의했고, 신명 여성노동국장이 지원 사격을 했다. 또한 국회 노동위원회의 신계륜 간사가 적극 도왔다.

그렇게 모든 사람의 도움으로 드디어 그해 6월, 모성보호법 개정안이 통과됐다. 정확히 말하면 모성보호와 관련한 남녀고용평등법, 근로기준법, 고용보험법 등 관련 법률의 개정안이 통과된 것이다. 당시로서 그것은 굉장히 획기적인 법이었고, 또 그만큼 어려웠는데 참으로 지난하고 힘든 싸움 끝에 좋은 결과를 얻을 수 있게 된 것이다.

그리고 참여정부 들어 보육에 대한 관심과 지원이 대폭 확대됐다. 노무현 대통령이 출마할 때 보육을 대표적인 여성 정책으로 내야 한다고 주장했는데, 그래서 나온 슬로건이 바로 '대통령이 아이를 키워 드리겠습니다'였다. 그후 5년 사이에 획기적인 변화가 이뤄졌다. 당시 1년 총예산이 1500억 원이었는데, 지금은 보육비만으로 중앙정부 1조 원과 지방정부 1조 원 등 모두 2조 원의 예산이 확보돼 있는 것이다.

좀 더 빨리 이 문제에 대해서 관심을 갖고 대처했더라면 우리나라 출산율이 지금 같지는 않았을 것이다. 일본의 출산율이 1.57이 됐을 때 상당한 사회적 충격으로 받아들인 적이 있었다. 그런데 우리는 출산율이 1.2까지 내려갔는데도 무관심했던 것이다. 지난 1990년대부터 이런 문제를 줄기차게 제기했으나 귀담아 듣는 사람이 없어 어찌나 속이 탔던지…….

　어쨌거나 이제라도 적극적인 보육정책이 걸음마를 시작했으니 다행이 아닐 수 없다. 앞으로 민간 보육시설에 대한 지원을 확대하고 보육 교사에 대한 처우를 꾸준히 개선해 나가야 할 것이다. 우리의 소중한 아이들, 그리고 미래의 중요한 인적 자원을 우리 손으로 지켜내야만 한다.

현장에서 챙긴 아이들의 건강

나는 역사의 현장에 있는 것이 좋았다. 할 수만 있다면 내 눈으로 모든 역사의 현장을 보고 싶었다. 공장에 가서 여성 노동자들의 현장을 보았던 것도 그런 이유에서였다. 그 이후 나는 언제나 현장에 있겠다고 다짐했다. 절대 현장과 동떨어진 채 머리만으로 사고하지 않겠다고 마음먹었다.

그러나 국회의원 경력이 늘면서 내게 주어지는 일들의 성격이 달라지자 현장과 점점 멀어지게 되었다. 초선 때는 직접 발로 뛰면서 현장을 보고 자료를 수집해 문제 제기를 할 수 있었는데, 3선쯤 되다 보니까 당내에서 이것저것 챙길 게 많아져서 어쩔 수 없이 기동력이 떨어진 것이다. 할 수 없이 보좌관들에게 많이 의지했는데 또 그들이 내 마음처럼 일해 주어서 믿음직하다. 하지만 가끔은 내 발로 뛰지 못하는 것에 대한 갑갑증이 있다.

그래도 최근에 비교적 속시원히 현장을 오가며 일한 기억이 하나 있다. 2006년 6월 학교 급식법을 개정한 것이다. 학교 급식은 내가 늘 관심을 갖고 있던 것 중 하나였다. 어느 밥상에서나 건강한 먹을거리가 필요하지만, 특히 자라나는 아이들에게는 더없이 중요한 것이 먹을거리다. 하지만 내 주변의 학부모나 조리사들은 늘 학교 급식의 문제점을 지적했다.

그것은 위탁 경영의 문제였다. 위탁 경영으로 인해 이윤을 떼고 나면 당연히 음식의 질이 떨어지게 될 뿐 아니라 식재료나 위생 면에서도 문제가 많았다. 위탁을 직영으로 바꾸고, 우리 농산물을 사용하거나 산지와 직거래를 하게 되면 음식의 질이 높아질 뿐 아니라 아토피 등 청소년 질병에도 크게 도움이 될 것이었다. 그래서 '올바른 학교 급식을 위한 학부모 모임'과 '조리보국(調理報國 : 우리 음식 사랑 운동) 운동'을 하는 조리사들의 모임 활동에 늘 관심을 갖고, 관련 세미나에도 참석하면서 기회를 보고 있었다.

그러던 중 2006년 6월 중반, 서울과 수도권 일대 20여 개 중·고교에서 대규모 급식 사고가 터졌다. 식중독 환자가 1500명에 달한 것이다.

당시 나는 교육위원회 소속은 아니었지만 '급식사고 진상조사위원회'를 만들어 현장에 쫓아가고 방제를 위한 전담반을 만들어 활동했다. 그 결과 급식법을 개정하기에 이르렀다.

6월 30일 국회를 통과한 학교급식법 개정안은 초·중·고교 급식의 전 과정을 직영화하도록 했다. 고등학교는 학교운영위원회의 찬성으로, 의무교육기관인 초등학교와 중학교는 학교운영위원회와 관할 교육감의 승인을 통해 위탁 급식을 할 수 있게 했지만, 식자재 선정·구매·검수의 경우에는 직영화를 완전히 의무화했다. 물론 투자해 놓았던 위탁업체의 입장에서 보면 안 됐지만, 우리 아이들의 건강을 위해서는 꼭 필요한 일이었다.

그 급식법이 통과하는 날, 함께 애쓴 전국의 조리사와 학부모 대표들이 우리 집 앞으로 몰려왔다. 오후 10시가 넘은 시각이었지만, 우리는 근처 맥줏집에서 간단히 '자축의 한 잔'을 했다.

물론 그 뒤로도 급식 사고는 있었다. 직영을 의무화했지만 제대로 실천되고 있지 않기 때문이다. 그래서 여전히 학부모와 조리사들은 올바른 학교 급식을 위한 노력을 기울이고, 나 역시 여전히 관심을 기울이고 있다.

이처럼 현장을 살펴봐야지만 새롭게 주어지는 요구, 변화되는 요구를 수용할 수 있다. 그래서 나는 초선 의원들에게 현장과 많이 만나기를 권한다. 책상 앞에서는 아무리 많은 자료를 검토해도 알 수 없는 진실이 현장에는 너무나 아무렇지 않게 여기저기서 드러나기 때문이다. 그것들이 정확한 판단의 기준이 되는 것은 너무나 분명하다.

그것을 체험한 의원들은 언제나 현장에 귀기울이며 관심 갖기를 게을리하지 않는다. 나 역시 바쁘다는 핑계로 현장과 많이 멀어져 있지만 그래도 현장과의 끈을 놓지 않기 위해 늘 노력할 것이다. 앞으로도 계속 '답은 현장에 있다'는 사실을 잊지 않을 것이다.

애들아, 도서관 가자!

… 미국 대학에서 교수 생활을 하는
서재정 교수와 유정애 씨를 만난 자리에서 책 얘기가 시작됐다. 박완서 선생의 『그 많던 싱아는 누가 먹었을까』에 대한 얘기가 나왔는데, 서로 가장 가슴에 와 닿은 대목이 일치했다.

소녀 완서는 서울 시내를 뺑뺑 돌아 어렵게 도서관을 찾아갔다. 그리고 『레미제라블』을 아동용으로 고쳐 쓴 『아아 무정』이라는 책을 읽게 되는데, 대출이 되지 않아 못 다 읽은 책을 그냥 두고 올 수밖에 없었다. 작가는 그때의 심정을 "내 혼을 거기다 반 넘게 남겨 놓고 오는 것과 같았다"고 썼고, 이후 "공일날마다 도서관에 가서 책 한 권씩을 읽는 것은 내 어린 날의 찬란한 빛이었다”고 회고한다.

나 역시 어린 시절 좋은 책들을 많이 접했다. 언니가 워낙 책 읽는 것을 좋아해서 다양한 종류의 책을 많이 읽었는데, 그 책들을 따라 읽으며 많이 성장했다. 생각해 보면 그 시절의 독서가 평생의 나를 만들었던 것 같기도 하다. 빌 게이츠도 “오늘의 나를 만든 것은 하버드대학교의 졸업장이 아니라 우리 마을의 작은 도서관이었다”고 추억했는데, 서재정 교수와 나는 책 이야기를 도서관 예찬론으로까지 이어가며 즐거워했다.

그런데 서재정 교수가 갑자기 충격적인 말을 했다.

“그런데요, 미국 도서관에는 있는 자료가 한국 도서관에는 없어요. 우리나라와 관련되는 자료여서 당연히 한국에 있겠지 싶어 한국 도서관 자료를 뒤지면 없고요. 없겠지 포기하고 미국 도서관을 뒤지다 발견한 자료가 한두 개가 아니에요.”

나는 순간 뒤통수를 맞은 느낌이었다. 당장 우리나라 도서관 현황과 정책에 대한 자료를 찾아보니 ‘도서관 없는 나라, 책 없는 도서관’ 딱 그렇게 요약할 만했다.

한국도서관협회와 문화관광부 자료에 따르면 우리나라 공공 도서관의 경우 전국에 약 400개가 있는데, 일본은 우리나라의 5배, 독일은 15배, 미국은 2200배가 많았다. 더 놀라운 사실은 우리나라 전체 공

공 도서관의 도서구입비가 미국의 한 대학 도서관 구입비보다 못하다
는 사실이었다.

이렇다 할 국가적 도서관 정책이 없기 때문이었다. 나는 문화관광
부, 국립도서관, 국회도서관, 책 읽는 사회를 위한 국민운동본부, 기
적의 작은 도서관 관련자 등 각계 전문가들의 의견을 수렴했다. 그리
고 오랜 토론 끝에 개정안을 만들었다. 독서진흥에 관한 분법을 만들
고, 대통령 산하에 도서관정책위원회를 만들어 국가적으로 도서관 정
책을 실행하게 했다. 중앙과 지역에 대표 도서관을 설치해 도서 컨텐
츠 확충고로서의 기능을 수행하게 했다.

6개월 후 법안이 발효되고, 2007년 6월 19일 드디어 대통령 산하
에 도서관정보정책위원회가 설립돼 문화관광부와 교육인적자원부
등 10여 개 행정부처에 분산돼 있던 도서관 정책을 총괄하게 됐다. 그
뒤 전국 도서관장들은 오랜 숙원 사업을 이뤘다고 감격하면서 '한국
도서관상'이라는 귀한 상을 도서관 관계자가 아닌 내게 주었다.

국립중앙도서관이 발표한 「2006 국민 독서 실태 조사」에 따르면
우리나라 성인이 1년간 읽은 책은 11.0권이었다. 한 달에 한 권도 읽지
않은 셈이다. 1년에 책 한 권 읽지 않는다는 국민이 24.1%나 됐다.

이렇게 된 것은 어렸을 때부터 독서 교육을 하기 않았기 때문이다.
유년기의 경험이 인생에 지대한 영향을 미치는 것은 두말할 필요가

없다. 그런데 우리는 어린이의 독서 교육에 관심이 없었던 것이다. 외국의 경우에는 정책적으로 유아 때부터의 독서를 권장한다. 나는 늘 그게 부러웠고, 어떻게 하면 우리 아이들을 위한 독서 환경을 개선할까 고심하고 있었다.

그즈음 생겨난 것이 바로 '기적의 도서관'이다. 한 TV 프로그램을 매개로 어린이들을 위한 도서관 만들기 운동이 벌어졌는데, 1호로 순천에 첫 기적의 도서관이 건립된 것이다. 건축가 정기용 선생이 설계한 도서관은 아이들이 놀이터처럼 놀면서 책을 읽을 수 있도록 지어졌다. 그곳에 처음 갔을 때 얼마나 신선했는지 모른다. 그곳에서 책이란 공부하듯 책상에 앉아서 읽는 것이 아니라 미끄럼을 타면서, 목욕탕 같은 공간에 앉아서 자유롭게 읽는 것이었다. 한마디로 그곳에서 책은 '놀이'였다. 그 도서관은 지금 순천의 명물이 됐고, 근처로 이사 오고 싶어하는 학부모들의 교육열에 힘입어 집값이 껑충 올랐다는(?) 얘기를 전해 듣기도 했다.

아무튼 그곳을 시작으로 전국에 작은 도서관들이 속속 생겨나기 시작했다. 공식적인 규모를 갖춘 곳도 있지만 마을회관에, 집 거실에 도서관을 꾸미고 책을 함께 읽는 사람들이 늘어났다. 나는 이런 게 바로 문화의 힘이라고 생각한다. 이런 문화의 힘은 앞으로 어린이 출판 문화의 새로운 장을 열 수도 있을 것이라 기대한다.

얼마 전 읽은 〈뉴욕 타임스〉 기사에 따르면 미국의 각종 업계를 이끌어 온 최고경영자들은 집 안에 대규모의 서재를 꾸미고 있다고 한다. 그리고 경영이나 비즈니스 관련 서적이 아니라, 시·소설·전기·역사·철학 같은 이른바 인문서와 예술서로부터 창조적 아이디어를 얻는다고 한다. 다양한 독서가 얼마나 중요한지 보여주는 실례다.

물론 우리 개개인이 그들처럼 서재를 만들 수는 없다. 그러나 누릴 수는 있다. 바로 여러 도서관을 통해서다. 도서관은 누구나 자유롭게 정보와 지식에 접근할 수 있게 하는 기본 인프라다.

우리 아이들이 세계를 이끌어 갈 CEO가 되기까지 공공 도서관과 어린이 도서관이 한 달에 하나씩 생겨나기를 바란다면 너무 과한 욕심일까?

영웅 김영옥을 발굴하다

세운 영웅들의 이야기가 많은 호응을 얻고 있다. 광개토대왕·주몽·
대조영 등 걸출한 영웅들이 할거하는 드라마를 보면서 시원한 대리만
족을 느끼는 사람들이 많아서일 것이다.

그런 드라마들을 보면서 '비록 인물의 성격은 조금 다르지만, 언젠
가는 이분의 이야기도 TV 드라마나 영화로 만들어지지 않을까' 하는
생각이 들었는데, 바로 재미동포 2세인 김영옥(1919~2005)이라는 인물
이다. 사실 미국에서는 다큐멘터리 영화가 제작돼 상영되기도 했다.

그는 3·1운동이 일어났던 해 미국 로스앤젤레스에서 독립운동가

의 아들로 태어났고, 미 육군 장교로 2차 세계대전에 참전해 혁혁한 공을 세운 전쟁 영웅이다. 당시 유럽을 무대로 펼쳐진 그의 활약은 영화와도 같은 것으로, 미국 특별무공훈장과 이탈리아 최고무공훈장, 프랑스 십자무공훈장 등을 받았다.

종전 후에는 성공한 사업가가 됐으나 아버지의 나라에서 전쟁이 터지자 다시 자원 입대해 수많은 전공을 세웠다. 유색인으로서는 미국 역사상 처음으로 전시 중 미군 정규 전투 대대를 지휘했으니 미군 내에서의 위상도 짐작할 만하다.

그러나 그가 영웅으로 추앙받는 데는 다른 이유가 있다. 전쟁 중에도 인간미 넘치는 일화를 숱하게 남길 만큼 매력적인 사람이었고, 얼마 전 세상을 떠날 때까지 빈민·고아·장애인·노인·가정폭력 피해 여성 등 사회적 약자들을 위해 일했기 때문이다. 한국전쟁 참전 당시에도 수백 명의 전쟁 고아를 돌봤고, 전쟁이 끝난 후 군사고문으로 다시 한국에 와서는 국군 최초의 미사일부대를 만드는 등 국방력 신장에도 기여했다. 제대 후에는 한인건강정보센터·한미박물관 등을 만들어 재미동포 사회를 위해 애썼다. 그 밖에 인종차별철폐운동에 앞장섰을 뿐 아니라 가정폭력을 당한 아시아 여성과 그 자녀들을 돌보기 위한 보호소를 건립하기도 했다. 전쟁 영웅이었을 뿐 아니라 위대한 인도주의자였던 것이다.

그를 알게 된 것은 그에 대한 전기를 쓴 재미언론인 한우성 기자를 통해서였다. 한 기자와는 일본군 위안부 문제로 만나 함께 고민하던 사이였는데, 그는 우리나라가 김 대령에게 아무런 예우도 하지 않은 것을 지적했다.

나는 위대한 인물을 발굴하게 됐다는 설렘을 안고 우리나라에서 훈장을 수여할 수 있도록 노력했다. 당시 문화관광위원장이었으나, 안보와 국제관계 역시 중요하다는 소신에 따라 다른 위원장 5명과 함께 최고무공훈장인 태극무공훈장 서훈을 공동 제안했고, 여기에 여야 국회의원 100명이 동참했다.

그로부터 한 달이 조금 지나 대통령 재가까지 났으나 이미 86세의 고령으로 암과 투병 중인 그를 한국으로 모시지는 못했다. 훈장은 안타깝게도 호놀룰루 미국 국립묘지에서 거행된 그의 장례식에서 수여됐다.

'그가 좀 더 일찍 발굴되거나 혹은 조금만 더 오래 우리 곁에 머물렀더라면 얼마나 좋았을까' 하는 아쉬움이 크다. 그러나 그는 생전에 자신을 알리는 것을 꺼렸고, 훈장이나 명예 같은 것에는 관심도 없었다고 한다. 진정으로 일생을 겸손하게 살다 간, 우리가 본받아야 할 인물인 것이다.

그가 더욱 빛나는 것은 우리가 국제화 시대를 맞고 있기 때문이다.

전 세계를 무대로 활동하며 한국인의 위상을 높였던 그는 국제화 시대를 사는 우리 청소년들에게 훌륭한 모범이다.

현재 미국에서는 재미동포 사회와 미국 정치권을 중심으로 그에 대한 장군 추서와 미국 최고무공훈장 추서 운동이 벌어지고 있다. 그는 이미 미국으로부터 특별무공훈장 1개, 은성무공훈장 2개, 리전 오브 메릿 2개, 동성무공훈장 2개 등을 받았으나 최고무공훈장은 받지 못했다고 한다.

그 정도의 수훈이면 최고무공훈장을 받고도 남는데 그러지 못했던 것은 그가 힘없는 나라의 후예였기 때문이라고 한다. 달리 말하자면 인종차별의 결과인 것이다. 그가 장군이 되면 한국계로서는 최초의 미군 장성이며, 미국 최고무공훈장이 주어진다면 그 또한 한국계로서 최초이다.

물론 미국의 장군 계급이나 훈장이 중요한 것은 아니다. 그러나 그것은 미국의 공식적인 인정이기 때문에 꼭 이뤄져야 할 일이다. 그러기 위해서는 미국 내의 움직임도 있어야 하지만, 한국에서의 인식과 지지도 매우 중요하다. 우리 민족을 빛낸 그를, 이번에는 우리가 빛내 줄 수 있었으면 좋겠다.

나는 현재 임채정 국회의장, 유재건 의원(한·미의원외교협의회 한국 측 의장) 등과 함께 미국 정치지도자들과 적극적으로 대화하고 있다.

　미국 하원이 일본군 위안부 결의안을 채택하도록 한 것으로 유명한 마이크 혼다 미국 하원 의원이 지난해 11월 한국을 방문했을 때도 그와 별도로 만나 이 문제를 협의했다. 혼다 의원은 그 자리에서 "미국으로 돌아가면 반드시 이 문제가 해결되도록 노력하겠다"고 약속했으니 좋은 결과가 있을 것으로 믿는다.

　지구촌 곳곳에 살고 있는 우리 동포에 대한 관심과 이해는 무한경쟁 시대를 헤쳐 나갈 한민족의 단결된 힘이 되고, 또한 국제적으로는 한미동맹 강화에도 긍정적 영향을 미칠 것이기 때문이다. 하루빨리 좋은 결과가 있었으면 좋겠다.

1.5세대가 걸어온 길

나는 1.5세대쯤 될 것이다. 여성이 없는 국회에 처음 발을 디뎠던 1세대가 있었고, 40여 명의 여성 국회의원들 속에서 2세대를 자처하는 후배들이 있으니, 여성 의원이 10명 남짓한 시절 시작한 나는 1.5세대쯤 되는 셈이다. 국회에서뿐 아니라 여성운동에서도 마찬가지인데, 어디에서든 1세대만큼 지독하게 어렵진 않지만 제법 어려운 길을 걸어왔다.

어려웠다고 하는 것은 처음으로 했던 일들이 많았기 때문이다. 뒤돌아보니 정말 처음으로 했던 일들이 많다. 이화여대 안에 학생운동

서클인 '새얼'을 만든 것도 처음이고, 공활을 간 것도 처음이었다. 졸업 후 새로운 성격의 여성단체를 만든 것, 일본군 성노예 문제를 국제 이슈화한 것, 남북여성교류를 시작한 것, 또한 비례대표 후 지역구에 도전한 것도 처음 있는 일이었다. 성격 때문인지 모르겠으나 나는 늘 새로운 것을 생각해 내길 좋아했고, 생각한 것이 있으면 실행에 옮기느라 바빴다. 선천적으로 가만 있지 못하는 성격인 것이다.

선배들을 모시고 활동하느라 내가 스포트라이트를 받은 적은 없으나 실무자로 많은 일을 했고, 그 덕분에 후배들에게 좀 더 넓고 평탄한 길을 제공할 수 있었다.

그러나 나는 아직도 부족하다고 느낀다. 나의 노력 여하에 따라 더 많은 후배들이 자신의 능력을 발휘할 수 있다고 생각하면 아직도 처음 해야 할 일이 많다는 생각이 든다. 내가 여전히 편한 일을 마다하고 불편한 길을 택하는 것은 바로 그런 이유에서다.

이제 국회에서도 40여 명이나 되는 여성이 활동하고 있지만 여성 정치인은 여전히 소수다. 그래서 나는 비례대표에서 절반을 여성에게 할당하는 제도를 만들었고, 여성의 경우 공천에 비례해서 정당 보조금을 받는 제도도 만들었다. 지역구 출마를 위해 경선할 때 여성들은 자기가 얻은 득표의 20% 가산점을 받을 수 있게도 만들었다.

남성 의원들의 숱한 항의와 견제가 있었던 것은 물론이고, 사실 스스로도 너무 여성의 불리함만을 호소하는 사람처럼 비춰질까 봐 걱정스러웠다. 하지만 어려움을 딛고 그런 제도들을 만들어 놓아 이제 후배들은 조금은 편해졌을 듯싶다. 17대 국회에 들어서서는 여성이어서 불편한 점이 거의 없다고 하니 고생한 보람이 있다.

그 보람은 중독성이 있어 아마 나는 앞으로도 계속 1.5세대가 될 것 같다. 아니 1세대가 돼도 상관없다. 이 길을 통해서 더 많은 여성들이 활발하게 활동해 준다면 그것으로 충분하다.

여성 후배들에게

··· 나는 요즘 여성 정치인들을
발굴하고 키우는 일에 사명감을 갖고 있다. 국회의원이 되면 잘하겠
다 싶은 사람들을 적극 추천해서 그들이 능력을 발휘하고 또 인정받
을 수 있게 도와주고, 좋은 사람들과 관계를 맺을 수 있게 해준다. 그
렇게 관심과 조언을 받으면 그들은 훨씬 더 자신감을 갖고 노력하게
된다.

내가 그렇게 발굴한 여성이 바로 장향숙·김영주 같은 의원들인데,
특히 장향숙 의원을 발굴하고 조언한 것은 나로서도 뜻 깊은 일이었
다. 부산여성장애인연대 회장 출신인 그는 열린우리당의 17대 비례

대표 후보 중 하나였다. 하지만 다른 여성들에게 밀려 주목받지 못하고 있었다. 나는 그에게 1번을 줄 것을 주장했다. "훌륭하게 장애를 극복해 온 사람이니까 많은 사람에게 감동을 줄 수 있을 것입니다"라는 말에 많은 사람들이 동의했다.

비례대표 1번은 당의 얼굴이나 마찬가지다. 비례대표 1번이 누구냐로 당의 성격을 알 수 있기 때문이다.

그런데 장향숙 의원은 사회적 약자를 품어 안는 열린우리당의 모습을 확실히 각인시켰으며, 그런 효과를 떠나서 연설을 할 때마다 얼마나 주옥 같은 말들로 우리를 감동시켰는지 모른다. 여성 장애인이며 또한 초등학교도 나오지 못한 학력으로, 이 사회의 가장 약하고 소외된 존재의 표본이라 할 만한 그가 어떤 고통을 이겨내며 이렇게 강해졌는지 듣는 것만으로도 감동이었다.

사실 여성들의 정치 도전은 남성들보다 힘들다. 남편이 정치에 뜻이 있는 경우 대부분의 아내와 가족들은 싫더라도 크게 반발하지 않는다. 그에 비해서 아내가 정치에 뜻을 두었을 때 남편과 가족의 동의를 얻기는 무척 힘들다. 선거운동을 할 때도 마찬가지다. 남편을 위해 적극 나서는 아내는 많아도 아내를 위해 발 벗고 나서는 남편은 거의 없다. 게다가 지독하다 못해 악랄하기까지 한 경쟁자를 만나면 온갖 중상모략과 사생활 침해 등에 시달려야 하는데, 남성보다 여성이 확실히 더 많은 타격을 입는다.

하지만 요즘은 여성에 대한 인식이 많이 바뀌었다. 특히 유권자들의 눈에 참신하고 깨끗하게 비춰지는 것이 강점이다. 남성들은 학맥·인맥이 복잡하게 얽혀 있는 데다 술자리나 골프 등을 통한 로비 가능성도 다분하다. 하지만 여성은 그 모든 부정적인 요소들로부터 훨씬 자유롭다.

여성이 남성에 비해 섬세하고 성실한 것이 장점임은 두말할 나위가 없다. 지금의 의원들을 두고 볼 때도 일의 결과를 따지면 대부분 여성이 월등하다. 하지만 아직도 여성들은 전체를 보는 눈이 부족한 게 사실이다. 각론에는 강하지만 총론에는 약한 것이다. 아마도 사회적 훈련에서 오는 차이일 것이다.

그래서 여성들에게는 더 많은 도전이 필요하다. 지금까지는 여성들이 교육이나 문화 부문의 활동을 대체로 선호하는데, 그래서는 안 된다. 좀 더 많은 분야로 자신의 영역을 확대해 나가면서 전체를 볼 줄 아는 눈을 키워야 진정한 지도력을 얻을 수 있다.

아직도 국회에서는 여성 의원들에게 한 분야만 집중적으로 맡기지, 전체를 기획·관리할 수 있는 자리를 주지 않는다. 게다가 그런 자리를 맡기려고 해도 여성 의원 스스로가 불안해한다.

하지만 그것이야말로 여성들이 극복해야 할 과제다. 잘 모르는 분야라 해도 관심을 기울이고 열심히 하다 보면 자신이 잘할 만한 일을 발견할 수 있기 때문이다.

나 역시 그랬다. 나도 그동안 환경·문화·교육 관련 일들을 했는데, 그러다가 재경위로 보내졌다. 처음에는 회의 내용을 소화하기도 어려웠지만 '내가 아는 부분부터 하자'고 마음먹으니 할 일이 눈에 보였다. 그래서 내가 해낸 일이 바로 카드 수수료 인하였다.

그때까지만 해도 소규모 자영업자들을 대상으로 한 카드 수수료가 턱없이 높았다. 미용실에 가도, 음식점에 가도 모두 "수수료 때문에 장사를 못 하겠어요"라며 원망이 많았다. 조사해 보니 그들에게 매겨지는 수수료가 일반 업체의 2배나 되었다. 카드 회사의 핑계는 그들이 영세해 신용이 낮다는 것, 즉 떼일 염려가 있다는 것이었다. 하지만 조사해 보니 근거가 없어 결국 2007년 9월 카드 수수료 인하가 단행됐다.

그렇게 찾고자 하면 일은 보인다. 그러니 여성 정치인들은 좀 더 도전적으로 모든 분야에 진출해야 한다. 두려워하지 말고 자신감을 가져야 한다. 도움이 필요하다면 주변의 선배들에게 손을 내밀 줄도 알아야 한다. 나를 비롯한 선배들은 그 손을 잡아 줄 마음의 준비가 돼 있다.

그리고 여담으로 이런 이야기를 하나 덧붙인다. 사실 여성 의원들 중에 이화여대 출신이 많아 학연을 통해 후배를 이끌어 준다고 보는 시선이 있다.

　그러나 그것은 분명히 아니다. 지금은 그렇지 않지만 과거 남녀공학에서는 아무래도 남자들이 더 많이 총학생회 일이나 여러 일들을 처리했다. 그에 비해 여자대학에서는 죽이 되든 밥이 되든 여자들끼리 알아서 해야 했다. 그러다 보니 조금 더 적극적이고 독립적일 수 있었다. 현재 국회에 이화여대 출신 여성 의원이 많은 것은 그런 상황이 반영된 결과일 뿐이다.

　그러니 학연·지연에 관계없이 여성이라는 이름 아래 함께 차 한 잔 하면서 나라의 미래, 그리고 그 안에서 여성의 미래에 대해 얘기하고 싶다. 누구라도 내 사무실의 문을 두드린다면 나는 기꺼이 열어 줄 것이다.

철도 실크로드의 꿈

··· 내가 오랫동안 갖고 있는 꿈이 몇 개 있는데
그 중 하나가 바로 부산에서 기차를 타고 평양을 거쳐서 아시아와 유럽
을 둘러보는 여행이다. 그런데 마침 '철의 실크로드'의 일부를 체험할
기회가 찾아왔다. '철의 실크로드'는 유라시아 대륙을 잇는 철도망으
로 한반도종단철도(TKR)와 시베리아횡단철도(TSR), 중국횡단철도
(TCR), 만주횡단철도(TMR) 등을 하나로 묶는 초대형 철도 프로젝트다.

2001년 5월 6·15 공동성명 1주년 기념사업의 하나로 추진된 '미리
타는 시베리아 횡단철도 프로젝트'에 박병석·김성호 의원과 함께 단
장으로 참여하게 된 것이다. 모스크바에서 몽골을 거쳐, 중국의 단둥

에 이르기까지 1만 1000여 킬로미터에 달하는 철도를 21일간 완주하는 계획이었다. 일단 러시아 모스크바까지는 비행기를 탔고, 거기서부터 노보시비르스크, 이르쿠츠크, 울란바토르, 베이징, 단둥까지는 기차로 달려갔다. 평양을 거쳐 서울로 올 계획이었지만 북한의 입국 허가를 받지 못해 그냥 돌아와야만 했다.

많이 아쉬웠지만 전에 없던 새로운 시도인 만큼 느낀 것과 배운 점이 많았다. 먼저 분단국가라는 것이 어떤 의미를 가지는지 새삼 깨달았다. 지도를 보면 대한민국은 대륙과 이어진 반도다. 하지만 분단으로 인해 사실은 섬이나 마찬가지다. 비행기나 배를 타지 않으면 대륙으로 갈 수 없는 것이다. 이는 단순히 '이동의 불편함' 정도로 해석할 일이 아니다. 많은 부분에서 단절돼 대륙으로서 누려야 할 여러 이익을 하나도 누리지 못하기 때문이다.

아울러 시간의 속도가 다르다는 것도 이해하게 됐다. 기차를 타고 유라시아를 이동해 보니 이 도시에서 저 도시로 가는 데 2~3일이 걸렸다. 기차 안에서 며칠 시간을 보내야 하니 마음을 느긋하게 먹을 수밖에 없다. 이 때문에 대륙 사람들의 '만만디'를 이해하게 됐고, 우리의 '빨리빨리 문화'의 근거도 짐작할 수 있었다. 움직이는 시간에 나를 맞춰야 하는 문화와 분초를 다투며 빠르게 사는 우리 문화 사이에는 차이가 있을 수밖에 없다.

또한 러시아 철도장관, 철도대학 총장, 중국 철도부 장관 등과 면담을 갖고 북한에 대한 철도 투자 계획이나 한반도와의 철도망 연계 계획에 대해 의견도 교환했다. 철도대학의 최연혜 교수가 동행해 철도에 대한 전문적인 설명을 해주어 많은 공부가 됐다.

우리의 교통정책이 고속도로에만 너무 집중돼 있다는 것을 깨닫고 철도 쪽으로 좀 더 발전시켜야 할 필요성을 절실히 느꼈다. 교통정책은 그 나라가 가진 지형적 특성과 환경문제 등을 고려해 도로와 철도의 비율을 적절히 조율해야 한다. 그런데 우리나라는 지나치게 고속도로에만 집중돼 있으며, 철도 역시 정치적 이해관계에 따라 시도되는 바람에 균형적인 발전을 이루지 못했다. '꿈의 철도' 라 불리는 경부고속철도도 우리나라 전체의 교통망을 진단하면서 설계된 것이 아니라 정부의 대선 공약으로 시작한 것이라 잡음이 많고 예산 낭비도 심했다.

가장 오래돼 낡은 수단이라고 할 수도 있지만, 21세기에 이르러서도 철도가 여전히 중요한 위치를 차지하고 있는 것은 가장 기본적이고 효율적인 교통수단이기 때문이다. 또한 철도는 환경을 가장 덜 오염시키는 미래형 교통수단이기도 하다. 이제 이런 철도의 의미를 새롭게 되돌아봐야 할 시점이다.

따라서 우리는 해양 진출에도 노력을 기울여야겠지만 철도를 통한 유라시아 진출에도 많은 관심을 가져야 한다. 이에 대한 생각을 북한과 공유할 수 있다면 우리는 유럽과 러시아에 진출하면서 태평양과 대서양의 거점이 될 수 있을 것이다.

2008년 8월 베이징올림픽 때 경의선을 통해 우리와 북측 응원단을 수송하자는 의견이 최근 논의되고 있다고 한다. 물론 남북 축구협회를 비롯한 체육계와 정치계가 한마음으로 협력해야 가능한 일이지만, 그것이 꼭 이뤄져서 대한민국이 유라시아로 뻗어 나가는 걸음을 보태는 일이 되길 바란다.

걸어 보고 싶은 길

'순례자의 길'이라고도 하는데, 예수님의 열두 제자 중 한 명이자 첫 순교자인 야곱을 기리며 순례자들이 걷는 길을 말한다. 스페인 북부 최동단에 있는 작은 마을 론세스바예스에서 야곱의 무덤이 있는 산티아고 대성당까지 가는 약 800킬로미터에 이르는 길, 걸어서는 한 달 가까이 걸리는 길이다. 한 달 가까운 시간은 내지 못할 터이고 절반인 보름이라도 내어서 그 길을 걸어 보고 싶은 것이 나의 소망 중 하나다. 오랫동안 자동차에 길들여진 내 두 발을 그 길 위에 놓고 자연인으로 걸으며, 그동안 켜켜이 앉은 마음의 때들을 벗겨내고 싶다.

누구의 삶이 쉽겠냐마는 정치인으로 산다는 것은 더욱 쉬운 일이 아니다. 느닷없이 머리채를 잡히기도 하고, 갖가지 중상모략에 시달리기도 한다. 나뿐 아니라 가족들의 사생활까지 필요 이상 노출되고, 자신의 욕심을 채우는 수단으로 나를 이용하려는 사람들도 간혹 만난다. 내가 무덤덤한 성격이긴 하지만 그 모든 것에 전혀 상처받지 않을 수는 없다.

얼마 전에는 내가 어떤 일을 했는지는 관심도 없고 그저 국회의원이라는 이유만으로 험담하는 사람을 만났다. 그는 마치 녹음기를 틀어놓은 것처럼 "국회의원은 하나같이 일은 안 하고 싸움질만 하지. 그러다가 선거철만 되면 여기저기 인사나 하고 돌아다니고……" 하면서 언성을 높였다.

'열심히 일하는 의원들도 많습니다. 무조건 안 좋은 시각으로 볼 것이 아니라 따져 보는 지혜가 필요합니다'라고 말하고 싶었지만 그러지 않았다. 그것마저 변명으로 들릴 것이기 때문이다.

그나마 그 사람은 나를 모르니까 그렇다 치고, 그보다 더 마음이 아픈 일은 나를 아는 사람에게서 국회의원이라는 이유만으로 무시당하는 경우다. 순수한 마음으로 바쁜 시간을 쪼개 모임에 찾아갔는데 '저 사람은 여기 왜 왔을까' 하는 듯한 눈길을 받을 때도 있고, 야당과 여당의 이해관계 때문에 모임의 사람들에게 소개조차 되지 않을 때도 있다.

이런저런 일들로 내 마음에는 분노와 원망 같은 감정의 찌꺼기들이 남아 있다. 그것들을 다 벗어 버리고 새로워질 수 있다면 얼마나 좋을까.

정진석 추기경이 말씀하셨다.

"나는 최선을 다했는데 상대가 나에게 소홀하거나 배신했을 때 생기는 분노를 없애는 방법이 있습니다. 나도 누군가에게 그랬을지 모른다고 생각하는 거죠. 나도 깜빡하고 감사의 마음을 전하지 못하고, 나도 모르게 누군가에게 배신감이 들게 했을지도 모른다고 생각하면 모든 게 이해됩니다."

그 말을 들었을 때 나는 크게 고개를 끄덕였다. 하지만 일상에서 그것을 실천하기란 어렵다. 그래서 '성 야곱의 길'을 걸으면서 그렇게 마음을 비우고 싶다.

또 하나, 순수함도 되찾고 싶다. 10년이 넘은 정치인 생활. 마음으로는 초심을 잃지 않겠다고 다짐해도 때때로 예전과 다른 낯선 모습을 발견할 때, 나는 그것을 절감한다.

가끔 딸아이가 "국회의원 다 됐어"라고 말하는데, 그 말이 농담인 줄 알면서도 가슴이 뜨끔할 때가 있다. 스스로는 변하지 않겠다고 다짐하고 또 다짐하지만 어느덧 나는 변해 있고, 나보다는 주위 사람들이 그것을 더 잘 아나 보다.

하긴 그렇다. 선거철에 사람을 만나면 어쩔 수 없이 한 표를 얻으면 좋겠다는 생각이 들고, 권위의 상징인 검은 자동차가 싫어서 오랫동안 흰색을 고집했지만, 결국 지금의 내 차는 검은색이다. 그게 다 예전의 나와는 다른, 그래서 어쩌면 국회의원이 돼서 변했다고 할 수 있는 모습들이다. 그런 모습들을 모두 떨쳐 버릴 수는 없겠지만, 그래도 '성 야곱의 길'을 걸으면 조금이나마 예전의 순수에 가까워지지 않을까 하는 생각이 든다.

"내가 너희에게 평화를 주노니 내 평화를 전하라."

내가 가장 좋아하는 말이다. 그 말처럼 나는 마음의 평화를 얻고 싶고, 또 전하고도 싶다. 정치인으로 일할 수 있다는 것에 감사하고, 그래서 정치인이기 때문에 겪게 되는 모든 일들을 기꺼이 감내하며, 분노하지 않고 이해하고 싶다.

늘 초심을 잃지 않는 평화를 얻고 싶고, 그것으로 더 많은 사람들의 평화를 위해 일하고 싶다.

이미경 자전 에세이

엄마, 국회의원 왜해?

초판1쇄 찍은날 : 2008년 1월 7일
초판1쇄 펴낸날 : 2008년 1월 9일

지은이 이미경
펴낸이 최윤정
펴낸곳 도서출판 나무와숲

등 록 22-1277
주 소 서울특별시 송파구 방이동 22 대우유토피아 1304호
전 화 02)3474-1114
팩 스 02)3474-1113
e-mail : namusup@chol.com

값 10,000원
ISBN 978-89-88138-91-0   03810

* 잘못 만들어진 책은 구입하신 서점에서 바꿔 드립니다.